Menino,
gaiola e pássaro

Poemas de
Roberto Marcantonio

com muito carinho Roberto

A PALAVRA,
A POESIA,
NÃO A TENHO,
NÃO DOMINO.
É ELA
FOLHA que cai,
TROVÃO que estoura,
ALGUÉM ANTIGO
NO VIRAR DA ESQUINA.
Portanto,
POUCO faz
IR NO VAZIO dos campos,
E POR ELA CHAMAR.
TANTO faz por ELA ANSIAR.
A ANSIA, O APERTO NO PEITO,
súbito,
FALA
E DIZ do escuro,
Do VAZIO,
E SE QUISER
se contorce
E ri.
ENTÃO sou um leito de rio
QUE NÃO SE SABE PRA ONDE,
Sou UMA MARGEM
que não se sabe que.

22/set/2017

Obra póstuma

Menino, gaiola e pássaro

Poemas de
Roberto Marcantonio

Organização
Eudoxia Mendes Machado

Libretos

Acervo pessoal

"A arte existe porque a vida não basta."
Ferreira Gullar

Roberto Marcantonio
na década de 1980

AUTOBIOGRAFIA: UMA FICÇÃO VERDADEIRA

MENINONHO,
NÃO ME FOI DADO
CHAMAR PAI OU MÃE.
PROFESSORES TIVE,
HOMENS CERCADOS DE PRETO
~~DE PRETO CERCANDO A ALEGRIA~~
COM A PRETENSÃO DE ~~SEREM~~ santo
~~SEM A SOLIDARIEDADE DE CRISTO~~: Quanto Cristo, o div
POBRES HUMANOS ASSUSTADOS
DE SUA NATUREZA // HUMANA NA CARNE DA ALMA.
HOMENS SE MALDIZENDO
E PROCURANDO
AONDE NÃO SE ENCONTRARAM // POR PEQUENOS QUE ERAM.
EU ERA UM MENINO
MENOR QUE OS OUTROS
POIS TINHA A CABEÇA SOLIDÁRIA
DE UM MARCIANO.
~~EU ERA UM MENINO SOLITÁRIO~~
E POR ISSO NADA ENTENDIA.
AS CRIANÇAS DA MINHA INFÂNCIA,
NÃO AS ESQUECI
AINDA,
SÃO CRUÉIS.
HERÓIS, SANTOS,
DAQUELE COLÉGIO DA VIDA, // SE FOSTES BEM ENS.
EM QUE POSTOS ESTAIS?
AONDE TENDES VOSSAS FÁBRICAS DE SALSICHA
AONDE VOSSOS CORAÇÕES CIFRADOS
URDEM TOSOS DE ENIGMAS QUE SÓ A VÓS CABE G
AONDE CULTIVAIS TANTA TRADIÇÃO?
UM MENINO SEM PAI E MÃE NÃO NASCE.
TAL MENINO EM TAL MUNDO NÃO CRESCE,
MORRE

Da organizadora

À memória de Maria Sebastiana Mendes,
minha mãe e meu norte afetivo.

À memória de Roberto Marcantonio,
meu amor e meu oásis na vida.

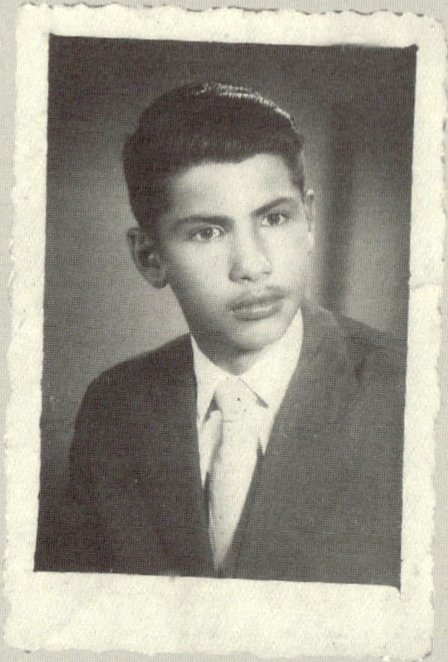

Fotos: acervo pessoal

Roberto em
diversos momentos

O poeta

A vida na fazenda dos avós paternos, Camilo e Teodora, alimentou as memórias mais fortes de minha infância, dizia Roberto. Perdiz, seu cão predileto (na verdade, uma cadela), e Noite, o cavalo, presente de seu avô... Muitas dessas memórias estão refletidas em seus poemas. Roberto nasceu em 15 de setembro de 1941 em Vacaria, no Rio Grande do Sul. Filho de Cristina Silveira da Cunha e de Norberto Marcantonio, foi criado e cuidado por Camilo e Teodora. Tudo indica ter chegado a Porto Alegre em 1949, quando seus avós se radicaram na capital para que seu filho caçula – Getúlio – frequentasse o colegial. Os registros da vida escolar mostram que ele fez a escolarização fundamental em Porto Alegre. Com exceção de dois anos do curso ginasial (1954 e 1956), em que ficou interno no Colégio São Jacó, em Novo Hamburgo. Segundo Roberto, esse período foi marcante na sua infância e na sua adolescência, estando também traduzidos na sua poesia. Estudou no Colégio Estadual Júlio de Castilhos, onde concluiu o ensino secundário em 1964. Em 1966, foi aprovado no vestibular da Universidade Federal do Rio Grande do Sul (UFRGS) para o curso de Letras. Frequentou quatro anos, como revela sua documentação acadêmica, mas não se formou. Não fez as provas finais do último ano do curso, em 1969. Neste ano, ocorreu o falecimento do avô Camilo Marcantonio, um de seus maiores afetos, como sempre explicitou Roberto. Contava-me que aquele foi um período difícil, tendo se refugiado na literatura. A universidade mobilizou seu maior interesse pelo estudo das humanidades e despertou sua curiosidade sobre o funcionamento do mundo, encaminhando-o ao campo da Economia. Foi, talvez, nesta quadra da vida que ele tenha atingido a maturidade necessária para encarar o leme de sua viagem. Formou-se bacharel

Fotos: acervo pessoal

Roberto na juventude
e maturidade

em Ciências Econômicas pela Pontifícia Universidade Católica do Rio Grande do Sul (PUCRS) em 1975 e concluiu a especialização em Economia pelo Instituto de Estudos e Pesquisas Econômicas (IEPE) da Faculdade de Ciências Econômicas da UFRGS, no ano de 1978. O cerne de sua trajetória profissional foi como economista (1978-2012) na Fundação de Economia e Estatística Siegfried Emanuel Heuser (FEE), instituição então vinculada à Secretaria de Estado de Planejamento, Governança e Gestão do Rio Grande do Sul.

Além de seus avós paternos, a família mais próxima de seu convívio foi a de Getúlio, Mariza e seus quatro filhos – Aurélio, Silvana, Maria Isabel e Isadora, que o chamavam carinhosamente de tio. Testemunhei Getúlio apresentar Roberto como seu sobrinho, até como irmão e filho. Tenho a convicção de que Roberto também reconhecia em Getúlio essa potência afetiva. Isadora, sobrinha e afilhada amorosa, dá também esse testemunho quando se expressa nesta obra, logo a seguir. A família de Mariza foi seu porto seguro, seu espaço de generosidade recíproca, confraternização, alegrias, discussões das mais ásperas às mais reflexivas e de exposição de suas fragilidades ao longo da vida. Relatou-me, ainda, o encontro, por volta dos oito anos de idade, com o irmão por parte de mãe, Arnildo Silveira da Cunha, quando foram reunidos para brincar e ser apresentados como familiares. Mais um fato impactante de sua infância. Reencontraram-se muito mais tarde em Vacaria, em 2000, no funeral da mãe. A partir dessa circunstância, tornou-se mais próximo do irmão, da cunhada Beatriz e do sobrinho Rafael.

O cinema foi a atividade cultural, de formação e de lazer mais prazerosa para Roberto. Seus comentários e discussões sobre os filmes eram sempre apaixonados, complexos e surpreendentes. Participou ativamente do Clube de Cinema de Porto Alegre, espaço de valorização da cultura cinematográfica, com sua caderneta de sócio efetivo admitido em maio de 1966. A natureza também o vitalizava intensamente – o mar, os campos, os parques, as longas caminhadas e pedaladas na praia, em Torres ou em Porto Alegre.

A vida de Roberto também foi marcada, intuitivamente ou não, pela busca do conhecimento de si e do mundo. Suas perguntas e dúvidas, suas angústias e aflições, suas irracionalidades incontidas eram tão intensas que, talvez por isso, o tenham levado à psicanálise, sistematicamente, ao longo dos anos. Penso que foi um dos instrumentos-chave na busca de uma vida plena, elemento também revelador de sabedoria, sensibilidade e valentia em assumir suas incoerências, contradições, incompletudes.

As mulheres foram uma das fontes inspiradoras da vida e da poesia de Roberto: *"Ah, as mulheres, as mulheres.../Meu coração não resiste,/Meu coração não resistirá/Às mulheres"**. Desde sua juventude até sua maturidade, partilhou a vida amorosa com algumas mulheres especiais e fortes – era assim que Roberto se referia a elas. Eu o conheci em 1987, no feriado de 1º de maio, na casa de uma amiga comum, quando nós duas estávamos revisando um programa de nossa instituição. Aconteceu um certo encantamento. Porém, fomos somar nossas vidas cinco anos mais tarde. Faço agora, de minha parte, o balanço de que tivemos uma vida boa – entre idas e vindas – por vinte e quatro anos. Roberto, embora amasse crianças, não teve filhos. E nós dois chegamos atrasados para essa aventura. Segredou-me ele um dia: pena não teres dois filhos para eu ajudar a criá-los.

Amigos, Roberto tinha muitos. Exemplar nesse quesito, sabia fazer e manter amizades. Podemos relembrar sua festa de sessenta anos, em 2001, em Porto Alegre. Penso que esse evento tenha ficado na

* MARCANTONIO, Roberto. *As mulheres* (2001).

memória de todos os que estavam lá como um momento especial de confraternização. Cabe particular destaque aos colegas da FEE, os quais não apenas compartilhavam o espaço de trabalho com Roberto, mas também se constituíram em amigos diletos e até irmãos de alma – alguns –, formando um grupo à parte, um tipo de família afetiva. Envolviam-se em profundas, apaixonadas e conflituosas discussões e produções profissionais, políticas e festivas. Ao longo dos anos de convivência, promoveram festas que se transformaram em concorridos acontecimentos na cidade.

Por certo, foi a poesia que, discreta e permanentemente, capturou a energia vital de Roberto Marcantonio. Muitos familiares e amigos desconheciam esse seu talento. *Saudade*, seu primeiro poema, foi escrito aos vinte e quatro anos. *Mistérios* (1986), *Ao homem Che* (1976) e *Canção aos que partiram* (1977) foram divulgados ainda em vida, por meio do trabalho do amigo, músico e compositor Flávio Oliveira, que escreve o prefácio deste livro.

Em 2019, no dia 20 de maio, aos setenta e oito anos, Roberto encerrou sua jornada, em Porto Alegre, sua cidade amada. Deixou seus poemas como um presente para todos. Assim, pela arte, estará para sempre entre nós.

Áurea Breitbach

Eudoxia,

companheira de Roberto,
desde 1992 até o fim

O trabalho de organização

Eudoxia Mendes Machado

A edição e publicação dos poemas de Roberto Marcantonio foram minhas escolhas para compartilhar a beleza, as emoções e as reflexões realizadas por ele em sua trajetória. É uma tarefa que me cabe e faz parte do meu amor e da minha cumplicidade com seu talento criador e generoso. Ambiciono que este livro se transforme em inspiração e luz a muitas outras pessoas. Por meio de sua arte, Roberto estará vivo. Iniciar a tarefa e desenvolvê-la não foi fácil, mas a publicação se impunha. Entre nós, conversávamos sempre sobre seus poemas, que lhe proporcionavam uma atividade prazerosa especial. Ele sabia possuir material suficiente para um livro, e essa seria uma ocupação estimulante. Quando comecei a tarefa de organização constatei que, de fato, Roberto estava dedicado a esse objetivo. Encontrei poemas em arquivos de seu computador; folhas com cópias que continham anotações e avaliações; pasta e cadernos reuniam uma produção organizada em seu gabinete, inclusive poemas datados até 2017.

Meu primeiro passo foi acessar os arquivos. Analisei-os, identificando, até mesmo, aqueles poemas que apresentavam mais de uma versão. Considerei sua ordenação de apresentação, os registros de data de criação, juízos de valor, dedicatórias e outras anotações suas. A partir dessa análise, reuni-os, também, em documentos físicos, sem nenhuma interferência no conteúdo ou na forma. Era, ainda, dezembro de 2019. Intuí, da análise, que alguns poemas correspondiam a uma prioridade sua, posto que já estavam no computador, portanto, selecionados por ele. Entretanto, ainda havia pastas, cadernos e folhas com manuscritos, poemas datilografados e também cópias digitadas. Deparar-me com sua letri-

UM DIA EU VOU ~~ESTRAGAR~~ QUEBRAR

COMO UM VELHO RELÓGIO
SEM CONSERTO DE REPOSIÇÃO

UM DIA, UM MOMENTO,
~~NUM SEGUNDO, TALVEZ~~,
AQUELA ÚLTIMA PEÇA QUEBRARÁ
E EU FICAREI ESTÁTICO COMO
AS PEDRAS,
DE FATO, NÃO COMO PEDRAS
FICAM ~~[illegible]~~ INAMOVÍVEIS

MAS COMO UMA PLANTA
QUE SE DESFIGURA
E JÁ NÃO É UMA PLANTA,
NEM UMA PLANTA É MAIS,
É UMA COISA QUE O VENTO LEVA,
UMA FORMIGA CARREGA
E SE DISSIPA NA TERRA,
NO VENTO.

HOUVE TEMPO, ~~EM QUE~~
EU NÃO SABIA O
MORRER
O MORRER ME TIRAVA O
SOSSEGO, ~~O SONO~~
EU FICAVA NO ESCURO DO MORRER
ATERRADO.
HOUVE UM ~~TEMPO~~ MOMENTO EM QUE ESTIVE
ÀS MARGENS DO
ESTIGE
E VI SUAS ÁGUAS DE NADA.
~~QUEIMADO DE TAL [illegible]~~
TENDO VISTO O NADA, JÁ
NÃO TEMO TANTO
E SORRIO PARA AS FLORAÇÕES
DO SOL.
26/12/2017

nha foi muito emocionante, exigindo de mim maior valentia.

Passado o primeiro impacto, fui à tarefa de transferir todo o material físico encontrado para o computador. Havia também cópias de poemas que estavam com familiares e amigos, pois foram dedicados a eles. Outros estavam com Flávio Oliveira e Edmilson Nunes, seus principais interlocutores de produção poética. Identifiquei, nesses achados, poemas novos e suas versões já sistematizadas e reunidas. Na compilação de sua obra completa, a criação do autor foi preservada integralmente. Os seus registros – palavras, versos, estrofes rasuradas, riscadas ou tachadas, em parênteses, em chaves, com interrogações, com avaliações, etc.– foram mantidos. Além disso, fiz leituras e observações de suas anotações em livros de poetas de seu gabinete – Carlos Drummond de Andrade, Manuel Bandeira, Ferreira Gullar, Whitman, João Cabral de Melo Neto... Isso tudo para me animar, me inspirar e me aproximar mais dele.

A partir daí, realizei outra tarefa difícil. Uma escolha para apresentar à editora, tendo em vista a efetivação deste livro. Resolvi contemplar e manter a primeira seleção de Roberto e outros poemas reunidos por mim. Na medida do possível, estão apresentados em *Menino, gaiola e pássaro* pela cronologia de criação (as datas encontradas estão no índice, ao final do livro), bem como agrupei alguns com títulos e outros não titulados, para os quais utilizei o primeiro verso de cada um para identificá-los, entre parênteses.

Decidi respeitar as críticas explícitas do autor nos poemas escolhidos (palavras, estrofes e versos riscados por ele). E também procurei distinguir um número maior de poemas entre aqueles que, no meu entendimento, correspondiam às suas prioridades.

Assim, caro leitor, este é o livro de poemas do Roberto Marcantonio que revela uma parte da sua história e que tenho a honra de lhe apresentar.

O poeta em seu habitat, em 2014

Luiz Eduardo Achutti

Sumário

Os poemas do tio Rô

Isadora Palmeiro Marcantonio
Engenheira de alimentação

Carinhosamente, o chamava tio Rô, e, com muito orgulho, era meu padrinho e primo.

Vacaria foi seu berço e, na moldura dos Campos de Cima da Serra, lembranças da infância, das alegres idas ao sítio com o vô Camilo... das "artes" pelos matos e banhados, dos pássaros.

Economista, culto, estudioso, amante da música, da leitura e do cinema. Com acuidade, realizava uma análise profunda da realidade. Dotado de memória privilegiada, narrava filmes e diálogos com tal riqueza de detalhes que, às vezes, nos perguntávamos se tínhamos assistido ou se o tio nos tinha contado.

Viveu intensamente! Amores, trabalho, amizades, família...

Sua produção literária teve início na juventude, perpassando praticamente toda sua vida. *Menino, gaiola e pássaro: poemas de Roberto Marcantonio*, nos traz as angústias, os conflitos existenciais, a busca do eu, a afirmação, o sentido da vida, amores, amigos, o belo, a natureza...

Esta obra chega até nós por Eudoxia – amor da vida do meu tio –, que com afinco compilou e agora compartilha uma seleção de sua obra.

Uma ótima leitura a todos!

Luiz Eduardo Achutti

Dois amigos e parceiros, em 1997: Flávio musicou poemas de Roberto, que podem ser encontrados no CD *Tudo muda – a música de Flávio Oliveira* e no QR Code, neste livro.

Não poderia continuar inédita

por Flávio Oliveira[*]

O leitor vai se surpreender com a poética absolutamente singular de Roberto Marcantonio. Irá se defrontar com um poeta que está refletindo sempre acerca das perplexidades e das vivências de seu cotidiano, não só no plano pessoal, mas também no das relações em seu entorno, de larga abrangência: família, círculo de suas amizades, equipe de trabalho, a sociedade brasileira e íbero-americana, com a qual interagiu durante toda sua vida. O leitor encontrará também outra singularidade: o poeta está sempre vindo ao encontro de quem o lê, na medida em que compartilha suas reflexões. E ainda, para nossa surpresa, ele não reivindica a seu refletir qualquer pertencimento ou propriedade excludente. Ao contrário, nos provoca permanentemente, colocando-nos a dialogar, a discutir e polemizar.

A preocupação de Roberto Marcantonio com a forma é permanente. Em muitos poemas – que encontramos em seus cadernos de notas –, temos o testemunho do esmero da busca pela palavra certa. Sincero, muitas vezes vira do avesso o idioma em prol desse atributo, sem virtuosismo barato ou ornamental. Sua busca revela rigor e certeza na expressão verbal. Na concretude de sua criação, há um rico e diversificado universo imagético, passando do comezinho arroz com feijão do dia a dia a emoções das

* Nasceu em Santa Maria em 1944. Radicado em Porto Alegre. Compositor, músico, professor. Tem participado em vários festivais nacionais e internacionais de música contemporânea. Obteve premiações nacionais e gaúchas (Açorianos e Tibicucra) em várias das músicas de cena que compôs para o teatro. Em 2002, recebeu prêmios Açorianos nas categorias CD erudito e compositor, com a obra *Tudo muda – a música de Flávio Oliveira*, projeto Fumproarte/PrefPoa/SMC.

muitas leituras que fez no campo das artes visuais, da música, do teatro, especialmente do cinema (vale salientar que Marcantonio era um cinéfilo contumaz). Nos passeios que nos possibilita sua leitura, também são muito importantes seus conhecimentos de história e filosofia. Livre pensador, o autor dedicou-se ao estudo de outras disciplinas, além das do universo da economia, e sempre o fez de acordo com suas necessidades, nunca se deixando levar por cartilhas ou modas de época.

A criação esteve também inserida no seu trabalho, na atividade de estudos em relação à sua profissão e na produção de textos profissionais. Seu real conhecimento da realidade econômico-financeira dos vários segmentos da sociedade brasileira dava-lhe um senso de realidade incomum, que se reflete em seu trabalho. Personagens e situações que muitas vezes aparecem nos seus poemas estão ancorados no real, ainda que façam parte de metáforas, narrativas e descrições ficcionais. Seu processo criador brota de sua reflexão e com ela se desenvolve. Um processo que se move entre o eu do poeta, o eu do outro e o mundo que os cerca. Consciente da importância da alteridade, o poeta a cultiva e a pratica com desenvoltura e riqueza. Seus cantares revelam uma *poiesis* geradora de universos de significados ora por construções dramáticas de grande intensidade afetiva ora pela concentrada emoção dos cenários e dos personagens que nele atuam. Tudo tem como fundo memórias do vivido, esperanças e desesperanças, utopias, sonhos idílicos, pesadelos e outras invenções. Nesse rol, emergem também alusões a imagens-memória do universo cênico e narrativo do cinema, da narratividade musical e da minuciosa descrição pictórica.

O aspecto provocativo – já mencionado – da reflexão nos poemas de Roberto Marcantonio revela o polemista que ele foi durante a vida. Apaixonado pela discussão de ideias sobre estética, sobre o lido e o assistido, sobre o vivido e o memorizado. Pode-

-se afirmar que na poesia de Roberto Marcantonio a reflexão é a própria linguagem.

Analisando o poema *Mistérios**, fiz algumas anotações sobre sua composição. Seu tema é o da "perda" – no caso, a perda do ser amado. Nele, o poeta está nos contando uma história real. O tom da escrita é o mesmo de um contador de histórias. É bom que saibas, leitor, que Marcantonio era um exímio e exemplar contador de histórias. Em um primeiro momento, o colorido das imagens, enquanto expõe o que lhe era familiar, provoca o leitor a refletir sobre si, também, neste âmbito: *Por muito tempo, muito tempo/andei/sem poder responder ao bom-dia/com alegria/e sentir o perfume/a alma e as cores/das flores/e o beijo do vento na pele.* Logo, o poeta dialoga com a pessoa que perdera, surpreendendo o leitor que está a refletir com ele: *Por muito tempo, muito tempo,/desde que desceste/misteriosamente/deixando sem guia a seiva de meus dias.* A imagem do *descer* é importante, porque evoca a retórica clássica, e, para ele, foi um descer misterioso. Seguindo no poema, ele revela a situação posterior ao luto, reconhecendo a familiaridade da casa, seus movimentos e sons: *Mas um dia/abri meus olhos e ouvi/antigos ruídos e sons em minha casa/e soube/que estava sendo posta água nos vasos/e a mesa com toalha branca era posta.* E, por fim, a reflexão adquire uma dimensão inusitada: *e percebi/que uma lufada de vento/te trouxera/misteriosamente/como um pássaro pousado na linha da janela.* Em uma simultaneidade estonteante de

---

* *Mistérios* é um dos três poemas sobre os quais Flávio compôs três das canções da série *Canções de emergência*. Para escutar *Mistérios*, canção para soprano e piano de Flávio Oliveira sobre poema de Roberto Marcantonio, na interpretação da soprano Carla Maffioletti e de Flávio Oliveira ao piano, na faixa três do CD *Tudo muda – A música de Flávio Oliveira* (2002), o leitor pode acessar por meio do QR Code na contracapa deste livro e também pelo site www.libretos.com.br.

imagens, significados, conotações, Roberto expressa, a uma só vez, o susto e o inexorável da perda, expondo a presença da ausência do ser amado. Traz, nos versos, vivas imagens de Edgar Allan Poe relativas, como a do insistente corvo a bater na janela, seu repetitivo "nunca mais" e o espectro-imagem de *Annabel Lee*. Dentre os autores de língua inglesa que cultivava, Marcantonio tinha especial admiração por Poe e sua obra. Vale lembrar que diversas vezes conversamos sobre a composição dos poemas *O corvo* e *Annabel Lee*, e também sobre as traduções que existem para o português. Marcantonio, num átimo, nos traz pelo poema o susto e a perplexidade diante do irremediável, do que não tem solução – a perda. Ele recupera, a meu ver, também, uma negação contida no mito de Orfeu, que é a de admitir que a perda é para sempre. Com todo esclarecimento, com toda a recuperação pós-luto, permanecerá a surpresa e a fatalidade do inexorável; mas *uma lufada de vento* sempre trará a lembrança, a memória da amada, *como um pássaro pousado na linha da janela*. Metáfora transcendente esta!

Roberto Silveira da Cunha Marcantonio não publicou seus poemas enquanto viveu. Agora temos a fortuna de ter parte de sua obra à disposição.

Sinto-me na responsabilidade de escrever esse prefácio por diversos motivos, sendo o principal o de ter sido um privilegiado leitor de muitos dos seus poemas. Fui não só um amigo presente como também um interlocutor permanente. Tenho certeza de que, se minhas anotações não dizem tudo sobre o poeta em apreço, pelo menos tratam do essencial.

A riqueza desta obra é incomensurável. Não podia continuar inédita.

Selecionados
(por ele)

Destroços para medir as manhãs e as noites

Em Sarajevo

A Bomba
Pássaro sem pena e sem canto
Corta o céu azul
Em Sarajevo,
Desce sobre a casa
Em Sarajevo
E lança no ar
Teclas de piano sem piano
Como dentes arrancados da boca,
Pernas de cadeiras ~~e mesas~~,
~~Mecanismos de relógios~~
~~Que marcavam as manhãs e as noites~~,
Lençóis de cambraia macia,
Em Sarajevo.

Na cozinha,
Onde havia a mesa, ~~e~~ em quatro cadeiras
Em Sarajevo,
Há uma boneca ~~morta~~ destroçada
Sob o céu azul
De Sarajevo.

Há destroços
de relógios e
uma boneca
despedaçada
sob o céu azul
de Sarajevo

30/09/93

Saudade

Para meu pai,
É o inverno de todos os invernos.
Está sentado à janela virada para o nascente,
O sol límpido e cálido conforta-o.
Ele está na cadeira de balanço,
O braço direito caído ao lado com o jornal,
A cabeça caída sobre o peito.
Dorme, cochila, acorda, dorme.
E lê o jornal devagar.
É assim quase toda a manhã.

Vendo-o velho e rendido,
Fico contrariado,
O coração se me aperta no peito.
Passo a mão sobre sua cabeça branca
Sem tocá-la, apenas acarinhando-a.
Velho, velho dos velhos...
Não me conformo, aperto os lábios.
Na minha infância,
Ele deu-me os pássaros,
Deu-me as águas do açude,
As artes pelos matos e banhados,
Pelo direito e pelo avesso.
Quase não me deu rédea.
Hoje, acariciando os netos, diz:
"Meu tempo passou. Agora, são vocês...
Agora, são vocês..."
Mas com olhinhos curiosos, meio sorriso, pergunta:
"Quem é que chega primeiro à Lua, os russos
ou os americanos?"

Canção do adeus

Perdi-me de ti
Na bruma branca
Das tuas alvuras.
Perdi-me de mim
Ao dizeres adeus.
Perdi meus pedaços
Mais caros,
O cume branco,
Já não tenho esperança
Nem ambição,
Foram-se embora meus dedos.

Nesta tarde,
Desce sobre mim
A neve branca,
Não a neve da tua pele,
Aquela que me deu sonho e vida.
É a neve da ausência,
A que me congela
E lentamente me adormece
Para sonhar-te,
Docemente,
A última vez.

Ao homem Che[1]

Pela última vez correste...
Correste para os braços verdes,
Para os rios longos,
Correste para os longos braços verdes dos rios,
Para o profundo acolhedor dos vales
Da tua amada América Latina,
Que te escondeu em vão...

Pela última vez sentiste
O impulso do denso fluxo do tempo que virá
Para se contrapor
Ao ar sufocante das minas,
Às ultrajantes carícias dos bordéis,
Às mercadorias feitas de membros humanos!

Correste
Para além dos fuzis,
Para além da indiferença ao sangue vertido,
Para além da asma e do medo!

Oh! Pela última vez correste...
E teus algozes,
Ao verem-te à mercê de sua crueldade,
Riram curtas gargalhadas
Porque sentiram
Na fragilidade de tua carne, tua coragem,
Nas tuas mãos atadas, outras mais se sublevando,
No teu olhar reto, a claridade das coisas definidas.
E para exorcizar o medo dos seus corações
Feriram teu corpo suave
E te mataram
Como se mata um boi.

1. Poema musicado pelo compositor e músico Flávio Oliveira em 1984. Acessível pelo QR Code na contracapa.

Tempo

O amigo morreu.
Louco,
Apaixonado,
Contrariado,
Morreu quase como quem explode.
Talvez tenha explodido.

Amigo,
Resta-me agora sentar na varanda,
Acompanhado de tua ausência.

Hoje, o mundo parece louco de uma maneira
especial,
Pois pressinto que vais abrir o portão do jardim
E entrar, detratando a cidade. Esbravejando contra
a cidade MMMMMMMMM
E fico sentindo essa dor,
Eu, que pensava haver vivido
E amadurecido,
Fiquei na casa vazia
Com tantos objetos dolorosos.

Teus livros,
Finalmente, estão sobre a mesa.
Para quem devolvê-los?
Olho para os livros
Como se esperasse um acontecimento.
Finalmente,
Entendo que uma lasca de mim se soltou
E morreu juntamente contigo.

Canção para os que partiram[2]

Fiquei, aqui,
Preso à conta da luz,
A alguns livros,
A mim mesmo.

Meus melhores irmãos partiram
Quando não restava esperança.
Foram lançar sementes à terra,
(foram semear a terra)
Tarefa que exigiu (de todos)
Toda a energia que tinham
E arrancou de muitos
A vida preciosa que tinham.

América,
Em que madrasta te tornaste,
Mordendo com correntes a carne dos teus filhos mais generosos!
Pois é pecado, então,
Sentir a fome dos seus irmãos
Inadiável como a própria?
É pecado, então, limar correntes,
Minerar a igualdade humana
E um quinhão para alimentar os filhos?
Terrível é teu festim, hoje,
Em que se trincham corpos humanos!

Música macabra, esta,
Que cantam as viúvas,
Que vinho assustador,
No cálice, coagulado!

(...)

América,
Vejo-te enclausurada
A dar corda num relógio do passado,
Noiva estás da morte,
A cabeça coberta com um arremedo de flores,
O véu caindo-te pelo cangote seco em teias
de aranha!
Serves teu pretendente,
Fernando Cortez ou um seu igual,
Que vem batendo os ossos da caveira
Dentro da velha armadura.

Ele sobe as escadas,
Entra no teu quarto,
Deita no teu leito
E ordena que o acordes nesta madrugada de chumbo
Para que possa perseguir teu coração onde ele bate,
Secar teu sangue onde ele corre,
Quebrar teus dentes onde ris.

Meus irmãos, os mais belos se dispuseram e
se dispõem,
Mas é um tempo de dedos decepados,
De línguas pregadas,
De olhos vazados.

2. Poema musicado pelo compositor e músico Flávio Oliveira em 1984 com o nome adaptado para *Canção aos que partiram*. Acessível pelo QR Code na contracapa.

Mistérios[3]

Por muito tempo,
Muito tempo,
Andei sem poder responder ao bom-dia
Com alegria,
Sem sentir o perfume,
A forma e as cores das flores
E o beijo do vento na pele.

Por muito tempo, muito tempo,
Desde que desceste,
Misteriosamente,
Deixando sem guia a seiva dos meus dias.

Mas um dia,
Abri meus olhos e ouvi
Antigos ruídos e sons na minha casa
E soube que estava sendo posta água nos vasos
E a mesa com toalha branca era posta.

E percebi que uma lufada de vento te trouxera,
Misteriosamente,
Como um pássaro pousado, na linha da janela,
Como um pássaro pousado, na linha da janela.

3. Poema musicado pelo compositor e músico Flávio de Oliveira em 1988. Acessível pelo QR Code na contracapa.

A dama de preto

A dama de preto
Tem a pele branca,
E não posso esquecer
A pele branca.
Ou será morena?
A dama de preto
Tem o cabelo preto,
Pedaço de noite
Em pleno santo dia.

A dama de preto
Toma banho de sais,
Fecha a casa
E vai deitar sozinha.
Há um pássaro batendo as asas
Contra as vidraças da casa
Da dama de preto.
Há um leão
Subindo e descendo a rua
Onde ela mora.
A lua verte lágrimas de luar
Com inveja de sua plácida inquietude,
O vento arranca as árvores pelas raízes
Para assustá-la.

O chefe de polícia coordena a tortura
Por causa da dama de preto,
Mas o preso resiste,
Cospe na cara dos algozes
Pelo mesmo sagrado motivo.

(...)

Instalou-se a greve,
Pararam os portos,
Os aeroportos,
As transfusões de sangue,
E, em tudo,
É a subterrânea ordem da dama de preto.

Caíram as cotações da bolsa,
Há desfalques, corrupção e ódio,
E, em tudo,
É ela quem dorme
Na penumbra da tarde quente.
Ela está no meu desespero e esperança,
É capixaba, egípcia,
Seguem-na delirantes os nova-iorquinos.

Amá-la é pecado,
Tê-la é gerar prole de desgraça e glória,
Não estender as mãos para seus ombros nus
É a madeira sobre a qual se deitam os mártires
Para serem pregados.

Sou rico

Para o Pedro Almeida

Sou rico,
Tenho um amigo,
Pedro,
Uma pedra de alicerce.
Tenho um amigo,
Antigo, previsível,
Novo,
Afável e,
Se não for excessivo autoelogio,
Alma da minha alma
Irmã.

Tenho um amigo,
Traz livro,
Sorriso e gargalhada
E a boa dose de uísque nos copos.

Moro em casa espaçosa cercada de árvores,
Cheia de sol e do canto dos pássaros
Porque tenho um amigo
Como poucos.

Sou rico,
Tenho um amigo,
Abrindo a porta e chamando
"Entra, Beto!..."
E meu coração entra.

Em Sarajevo

A bomba corta o céu
De Sarajevo,
E atinge a casa
Em Sarajevo.

A bomba lança no espaço
Teclas de piano,
Pernas de cadeiras,
Ponteiros de relógio,
Pedaços de vasos,
E páginas de livros
Em Sarajevo.

Onde havia a cozinha,
A mesa e quatro cadeiras,
Agora, há escombros
E uma boneca assassinada,
Fitando com olhos azuis
O céu de Sarajevo.

Teu corpo

Para minha amada Eudoxia

Amo teu corpo.
Ele é um corpo comum
E suspira
Sob as tantas pressões da existência.

Ele pede descanso,
Brisa,
Encosta o ombro no meu ombro
E não se afasta nunca.

O que tanto amo em teu corpo
Não é teu corpo,
É teu jeito
De regar as plantas
E de abrir as janelas,
É tua imobilidade de árvore,
Balançando,
Sussurrando coisas verdes, misteriosas.

Quando repouso nos galhos do teu corpo,
Sou um pássaro
Sem o tempo passado
E sem o tempo futuro.
Sou quase tão completo
Quanto uma pedra.

O último dia

Fiz desse dia um deserto.
Não há quase nada nele
Que sorria.
Tudo se gastou
Num mar de areia fina e incandescente,
Sem deixar sinal de ponte,
Palácio,
Monumento
Ou casa simples.
Não há caminhos,
E, se os há,
Falta-lhes o alarido das crianças,
A moça bonita que passa
E até mesmo a cruz à margem da estrada.
Foram-se as lembranças doces ou amargas,
Apenas se derrama o sem significado,
O oco,
A espera do fim já desejado.

O melhor

Às vezes, o melhor é a ilusão.
Porque de ilusões, também, se fazem homens.
Acreditando ser o que não são,
Jogam-se para além do Rubicão
E, no correr dos dias, forjam-se.
Semideuses.
Mas, talvez, desde a origem,
No fundo da alma,
O minério de ferro já ansiasse por ser derramado
Na fornalha que depura.

Vejo-te morta

Vejo-te morta.
Morta.

Na curva,
Paro o carro,
Desço e caminho.
Não há nada que diga
Que aqui tua vida acabou
Por motivo desconhecido
E súbito.
Nada que ateste.
O silêncio não é por ti.
É simplesmente, o silêncio ancestral e cego.

Eras pequena, magra,
Graciosa...

A brisa sopra
E minha pele arrepia
Sob a suavidade dos teus dedos invisíveis.
Minha pele arrepia,
Neste momento em que estou prestes a te puxar
contra mim.

Mas, nessa curva,
A brisa estanca
E o sol gelado me bate,
Bate nas pedras,
Estilhaçando tudo.

Vejo-te.
E porque amavas o sol e o vento e o mar,
Vejo a noite descer no mar
Onde, ao balanço das ondas coaguladas
Oscilam pálidas crianças
Adiadas
Para sempre.

A menina e a borboleta

A menina corria, dançava
No jardim,
Rodava,
Esvoaçava seu vestido
Branco e alvo.

A menina dançava
Sem saber dos males do mundo,
Rodava.
E tinha nos cabelos
Uma grande borboleta branca,
Da cor do vestido.
E enquanto ela dançava e corria,
A borboleta na sua cabeça
Parecia uma fita de seda
Tangida pela brisa.
A menina dançava
Longe das maldades do mundo.
E a borboleta, alva como o vestido de luz,
Não voava,
Persistia compondo um quadro de um jardim com
uma menina com uma borboleta.

A última hora

Quando minha última hora bater,
No alto do campanário que domina tudo,
Virão para minha despedida
Minhas doces namoradas
Em revoada.
Elas virão entre as brumas da serra,
Pela alvura das praias
Do país metafísico em que vivi.

Quando minha hora bater,
Virão em revoada
Minhas doces namoradas.
Esquecido de mim, sorrirei,
Tentando dizer-lhes
Que foram minhas pérolas,
Meu verdadeiro único motivo,
Mas Eros já não poderá reter minha partida
E minha mão jazerá sobe o lençol
Vazia.

Esquecimento

Na gaveta escura,
Trancarás à chave
O brilho afiado das lembranças.

Nossos nomes estarão banidos
E vigiarás para não ouvir
O som fantasmagórico dos nossos passos
Caminhando juntos
Pela alameda que o toque de nossas mãos
Fez brotar alta, verde, perfumada.

Sem poder evitar,
Levarei teu nome até o meu fim,
Até estar deitado junto às raízes dos ciprestes,
Bem abaixo do canto dos pássaros.

Tristeza

Às vezes,
A falta de ar tapa-me a respiração
E sinto o peito petrificado.
Em volta, as paredes se estreitam,
A luz se esvai como alguém que sangra.
Tento gritar,
Mas no lugar da voz,
Um estertor,
O som de um mecanismo emperrado,
Algo que geme no fundo do oceano,
Os pedaços enferrujados de um navio,
Seus ferros, suas cordas de aço, suas portas
que vão e vêm,
Os fantasmas e seus passageiros caminhando,
num pesadelo,
Sem saber entender, sem saber aceitar e descansar.

Às vezes,
Estou numa região abissal,
No interior de uma catedral naufragada, onde,
Pela nave alta e larga,
Demônios passeiam,
Movendo, lentamente, as verdes asas de algas.
Às vezes,
Eu estou lá no fundo
E o tempo parou
Como uma estátua de olhos vazados.

O pêndulo

O pêndulo oscila,
Ceifando,
Para a esquerda
E para a direita.
O pêndulo pende
Por um fio
Que vai se esfiapando
A cada oscilação.

O pêndulo pende afiado
Sobre o pescoço da hora,
A qualquer hora,
Sobre qualquer vida.
É preciso evitar o golpe do pêndulo
Sobre o momento
Porque a soma dos momentos
É o balanço da vida.
É preciso
Não morrer o momento.

E florescer a nossa melhor chama,
Que arde e nos incendeia,
Ainda que isso exija
Nossa trêmula, assustada,
Maior coragem.

(...)

É preciso suportar o pêndulo
A qualquer minuto do tempo
E seguir adiante
Alegre e contente,
Ou triste,
Mas esperançoso
Ou em desespero,
E, nesse caso,
Lançar-se à navegação
Do viver
Na direção das Índias
Na direção do sol.
Navegar,
Navegar,
Que o músculo do instante
É feito de navegar.

A cascavel

O medo é uma cascavel
Enrodilhada, no silêncio.
E na penumbra
De toda a parte.

Uma cascavel,
Lâmina de aço mortal.
Onde está ela agora,
Na minha cama,
Confundida
Com minhas cobertas?

Uma cascavel,
Fria corda de prata.
Não posso mexer-me,
Pois posso ofendê-la,
E então...
Junto ao meu peito,
À minha garganta?
Não posso baixar os olhos e fitar
Seus olhos acesos postos nos meus olhos.

Vacaria sempre

Saí da Vacaria,
A Vacaria não sai de mim.

Vacaria,
Vacaria...
O eco ecoa
Pedaços da Vacaria,
Pedaços suficientes,
Pedaços poucos,
Pontudos,
Ovais,
Pedaços de campos imensos,
De voltas de rio,
De geadas,
Dos primeiros suspiros,
De cheiros,
De carreiras de canchas retas.
Tudo eco,
Tudo caco,
Pedaço,
Doces pedaços de doces,
Pedaços meio amargos,
Amargos,
Vacaria.

Vacaria.
Muito antes,
Baqueria de los Piñales,
Baqueria Jesuítica,
Há muito tempo.
Registros apagados pelo tempo,
Pelo tempo,

(...)

Pelos tropeiros que afundaram na neblina
Ano depois de ano,
Há muito tempo
Apagados,

Sem registros guardados,
Apenas rasgados,
Pedaços do tempo épico e bruto,
A terra e os homens nus,
O vento gélido,
A comida pouca.

Baqueria de los Piñales.
Pinheiros,
Araucárias,
Quem não viveu não viu,
Pode ver e ter ideia,
Pinheiros majestáticos
Na Vacaria,

Nos Campos de Cima da Serra,
Na Serra Rio-Grandense,
Em Bom Jesus,
Lagoa Vermelha,
São José dos Ausentes,
Antônio Prado,
Esmeralda,
Muitos Capões,
No grosso da serra:
São Marcos,
Pinheiro Grosso.

(...)

Vacaria,
Teus campos verdes infinitos
Feitos o mar sem fim,
A rédea solta para frente,
Para frente,
Até o cansar do dia,
Do meio-dia,
Do fim do dia.
À noite, a cabeça sobre os arreios,
Os olhos, por um instante,
No céu de estrelas milhares,
Mal dava para rezar o
Santo Anjo.

Vacaria,
As madrugadas de geada,
Os dedos encarangados, roxos, duros,
O pala curto,
A fumaça saindo do nariz das animálias.

Esse tropel de coisas quebradas
Não se apaga de vez,
Não vai embora.
Eu o recolho
E embalo
Ao eco dos cascos dos cavalos,
Do coro do mugido das tropas,
Do latido dos cachorros.
Quem não viu não vê.

Para quem viu,
É o doce ramo de espinhos

Nos olhos distantes
Do vacariano.
Vacaria não sai de mim.

Filhote

Hoje,
Por alguns segundos,
Vi de corpo inteiro,
De calças curtas,
Suspensórios,
O meninozinho,
Tinha seis anos, talvez,
O filhote que adiei
E não tive.

Meu coração
Bateu um tum-tum
Mais forte,
Mais rápido.

Eu o vi,
Não foi no parque,
Não foi no pátio,
Não foi na lua.

Foi,
Por alguns segundos,
No gramado
Da televisão.

Depois disso,
Eu nada mais vi.
O coração meio apertado,
Meio feliz,
Adormeci.

Dormi,
Até a luz do dia
Bater seus raios
Na vidraça.

A entidade que eu chamo você

Você está dentro de mim
E me incomoda
Porque quero dizê-la
E não posso,
Balbuciá-la
E não sai sílaba do seu nome.

Você
E seu cabelo verde,
Você, que espinha,
Roçando lábios de pétalas.

É uma coisa minha
Como são meus olhos,
Meu sangue, a batida do meu coração.
Sem essa coisa,
Eu não teria rumo.
Talvez, de qualquer jeito, eu não tenha rumo,
Mas tendo-a
Ao menos eu penso que tenho rumo,
E isso é uma grande coisa.
Não há o risco de perdê-la,
Isso não é possível.
Porque se tal ocorrer,
Não serei mais eu,

As testemunhas serão outras.
Perdendo-a,
Será o não tempo,
Quando eu não mais terei
O ouro das preocupações cotidianas.

(...)

Não importa a hora,
É a aurora.
E eu que tanto a quero,
E tenho,
Não posso dizê-la,
Apenas posso pressenti-la
Como uma borboleta colorida que bate asas
E circunda minha cabeça.
Coroando-a.

Líquido

A vida trouxe-me a esse ponto, onde,
De repente, entendo que escorro.
De fato, vejo que sempre escorri,
Do menino para o adolescente
E, logo, para ser um jovem touro inocente
e ingênuo.
Mas agora a gravidade puxa-me e rasga-me
E o relógio do meu corpo vai gastando sua corda.
Logo, serei poça no chão.
E a corrente que me ligará ao mundo
Não será mais a sintaxe dos homens,
Mas a sintaxe cega das coisas.

Perdiz

Chegando à casa do meu avô,
Eu era recebido com alegria
Por minha cadela Perdiz.
Nós nos abraçávamos
Do nosso jeito.
Eu com os braços
Em torno do pescoço amado,
Ela com o tremor todo do corpo, pulos,
E súbitas paradas na festa
Para sentar sobre a anca esquerda
E coçar as costelas e a barriga
Com frenética pata direita.

Embora pequena,
Perdiz era um cão de guarda de respeito:
Sempre atenta,
Farejava os mínimos sinais de invasores
No pátio e no pomar.
E sempre estava pronta para seguir-me
Pelas várzeas,
Beiradas de matos
E as águas perigosas do açude,

Onde, diziam,
As mulheres tomavam banho peladas.
Muito procurei, mas nunca vi.

Perdiz nunca reclamava,
Assistia a tudo que eu inventava
Com os mesmos olhos doces de espera.
Entre nós não havia desacordos
E recordações ruins.
Nós formávamos um par perfeito.

Certezas

Sou um pobre homem
Cheio de espanto,
Que de espanto em espanto vai,
Extasiado,
Sem nunca saber que nome dar a cada coisa viva.

Na verdade, me aferro no não ter certezas,
Já que certezas são tristes terras,
Águas paradas
Longe do caudal do mundo desvairado.

Há os que se sentem seguros, na vida,
À luz de imaginárias estrelas cristalizadas.
Bem sei que vou por mar brumoso,
Onde dragões ancestrais
Respiram fundo seus medos tolos
Abanando, docilmente, as colas colossais.

Oferta

Não te ofereço o caminho
Sem espinhos,
Só te ofereço
O caminho,
O caminho,
O caminho.

Não te ofereço a chegada,
Mas o caminhar à noite,
E, às vezes,
À luz da madrugada.

Sabes, tenho para te dar
Apenas meus olhos e minhas mãos
Para escorrer sobre teu corpo
A água cristalina do instante
E fazê-lo brilhar e tremer.

Tu, entretanto,
Tens a vida para me dar.
Hoje, abri meus olhos
E já não os posso fechar.

Chico Buarque

Chico
Arranca do fundo
O guardado,
O tido como ido,
Terminado.

Ele nos sacode
Pelos ombros
Do coração.
Leva-nos ao tombadilho
Para vivermos a tempestade,
Que nos transformará
Ou, trivial acontecimento,
Amainará.
Chico,
Com carinho e entendimento,
Mostra que nos afogamos
No desespero dos copos cotidianos.

Pequeno deus

Vejo um deus
De frágil divindade.
É magrinho, pequeno.
Entende de murmurar,
De gemer,
De passar a ponta dos dedos
Pela casca grossa das árvores.
Anda,
Às vezes, rindo,
Esquecido do girar das horas,
Outras, assustado e temeroso de tudo,
Em especial da própria sombra.
Quando me bato com ele por aí,
Acho que a vida vale a pena.

Vida e arte

A arte é uma cartada decisiva.

No perde-ganha do jogo da vida,
O que se perde ou ganha é a vida.
Perde-se
Quando se joga mal,
Quando se joga feito menino falso.
Caminho pelo campo de batalha
Como quem caminha por uma floresta
Cheia de troncos caídos,
Braços erguidos, pedindo clemência,
Mas já calcinados.
Os mortos não morrem de vez,
E isso é um problema.
Os mortos teimam em sentar no próprio velório
E carpir a própria morte
Para nos comoverem.
Tentam, com suas mãos de mortos,
Puxar-nos para longe da luz.

Dois homens

Na cama,
Enovelado como um cão,
No quarto abafado e já fétido,
Vou me adiando,
Sob os lençóis suados,
Sem alma e sem coração,
Tentando enterrar no sono
O desgosto de ser.
É como morrer
Ou pior que morrer,
Eu sei.
Mas não posso evitar e,
Como morrendo, vou me afundando
Em mim,
Com nojo,
Já à beira de vomitar,
Mas, de fato, sem deliberar morrer.

(...)

Mas o coração do homem,
Mesmo o coração mais perdido,
Mais empedernido
A um toque de brisa,
De louco clarim, quem sabe,
À lembrança de um seio
Ou movido pela mera bruta vaidade,
Pode fazer a mais árdua proeza
Levar-se de si
E andar depois de dias
Como se fora um Lázaro,
Pois, na verdade, é um milagre
Sair do escuro fundo da terra protetora
E caminhar pela senda íngreme
Onde espreitam os perigos,
Onde atacam os sofrimentos,
Onde colhemos os mil matizes do verde,
Onde amamos, morremos e assistimos morrer,
Onde descobrimos a água límpida dos olhos d'água,
Onde se reflete o rosto prisioneiro.

O animal que espreita

Espero por tua vinda
Como um animal que espreita,
Com todos os sentidos alerta,
Escutando,
Os pelos do corpo arrepiados,
O coração acelerado,
A respiração pesada.

Venho como bicho faminto saído do deserto,
Estou seco e sedento como a areia
E quando penso em ti, sou bocas
Para te sorver
Até nossas últimas gotas,
No fundo da taça,
Que minha língua inquieta tentará alcançar.
Quando, enfim, chegares,
Assaltarei teu pescoço,
Tua boca
Tuas coxas.

Espero por tua vinda
Como um animal que espreita.

Um objeto vivo

Sou emotivo,
Votivo.

Sou espantado
Como o azul, o verde,
Os outros que sou
E os (outros) outros.

Sou o visível,
O previsível.

Sou o incógnito,
No fundo do mar.

Sou o beijo da morte.

Sou a possibilidade,
A corda do violão.

Tensa.

Tensa.

Tensa.

Tensa.

Quero ser o sino do campanário
Das catedrais abissais.
Sou as trevas.

(...)

Quero ser o homem que trabalha
O dia todo,
Todo o dia,
E, no fim dia,
Volta para casa,
Para cada objeto
No seu exato lugar.

Sou a corda do violão,

Tensa.

Tensa.

Tensa.

Tensa.

Perfil

Quarenta anos esculpem meu perfil
Que me afronta.
Não sou senhor de mim.
Sou, parece, o inverso,
O escravo de minhas propriedades,
Ao poste atado,
Para punição
Pela minha condição...

Não consigo ser bom,
Diligente
Ou econômico.
Sou libidinoso
E sonhador!
Deverei, quem sabe,
Nesta viagem,
Sentar no banco de trás
Ou ir a pé
Buscar meu lugar.

Procurarei, então, minha igualha
De coxos.
Naqueles que ensinados no certo
Fizeram o torto.
Quero agrupar-me aos que veem,
No espelho,
(As causas da vergonha)
Os donos das paixões vergonhosas,
Quero aprender sua língua ou inventá-la
Para nomear a realidade de todo o dia,
Dançar a alegria de um carnaval episcopal
Sem bem,
Sem mal.

(...)

Quero,
Na minha mão, uma fruta iluminada,
Uma risada
Senão de ilimitada alegria,
De compreensão
Da nossa geral condição.

Da palavra

Bicho matreiro,
A palavra esconde,
Nos escuros,
Vozes que tem para cantar
Ou contar.
Para fazê-la dizer um pedaço
É preciso ser mateiro
Ou urbano,

Seja de cidade pequena,
Seja de cidade metrópole das com viaduto e metrô.
E muito estudo.

A palavra
Ara
    A terra
            Fera
Da existência.
A garça voa,
Brancos braços,
E pousa,
Nas margens verdes da lagoa,
Espelho do céu, no chão,
Entre coxilhas.

A palavra cai, chuva amena,
No quintal do amigo.

Fundo mundo.
Oco
Toco.

(...)

Eu toco
    O oco
Fundo do mundo
E me espanto.

Eu ouço
A voz confusa do mundo,
Desconfiado.

Palavra, luz.
Palavra, vazado vaso
Com tantas flores interrogativas
Jamais respondidas,
Às vezes, tartamudeadas.

Quero a palavra

Ai de mim,
Quero a palavra
Inteira,
Total,
Redonda,
Quadrada,
Venerada
E estuprada.
Ai de mim,
Quero a palavra toda,
Como se quer as tetas de uma mulher
Qualquer, que se quer,
Sem poder desistir.
A palavra,
Essa sacana rica,
Essa exibida,
Enrustida,
Dissimulada,
Sete caras,
Malvada,
Dona das iluminarias,
Das iluminuras,
Das luzes,
Das Lúcias.

(...)

Quero porque quero,
Dou um tiro na cara
Dessa cachorra
Se ela não entregar
A mala toda.
Desgraçada,
Pantera!
A palavra,
Quero a palavra,
Uns pedaços dela
Que seja,
Apenas para me deliciar
Por ver e cheirar
Um pouco.
Pode ser?

Meu escritório

No apartamento que chamo casa,
Há um quarto com uma cama.
Assim é o quarto de hóspedes.
Tem outros móveis:
Prateleiras, mesa, cadeiras,
Poltrona.
E livros.
E, então, chamo-o de meu escritório.
É meu canto para ser eu mesmo,
Lendo, rabiscando,
Dormindo e acordando,
Até cansar de estar trancado naquela gaiola.
Gosto dela!

Há livros.
De fato, está cheio deles:
Assim, decidi não comprar mais
E ler os existentes.
São duas tarefas difíceis,
Impossíveis: ler os disponíveis,
Não comprar.
Há muitos?
Depende.
Na minha mera avaliação, não.

(...)

Já, no que respeita ao espaço,
Não tem. Pelo menos em princípio.
As prateleiras têm duas filas
E tem livros deitados, por cima dos outros.
Mesmo sendo proibido comprar,
Surgem livros clandestinos, empurrando os outros.
E instalando-se.
Não de agora,
Verifica-se um conflito territorial insanável.
Tem livros que chegam em formação militar,
Empurrando os outros,
Expandindo um espaço vital!
Arre, que coisa!
Parece a humanidade!

Há um punhado de livros, não muitos,
Pois, antes de comprar mais,
Decidi ler os que tenho.
Tarefa árdua,
Não tenho como vencer.
Recinto pequeno,
Livros por todas as paredes,
Algumas prateleiras com livros da frente
e livros do fundo.

(...)

E mesmo que seja proibido comprar,
Surgem livros clandestinos,
Empurrando os velhos livros
E instalando-se.
Há tempos,
Instalou-se entre as gerações de livros um conflito
territorial insanável.
Nesse conflito,
Muitos já vêm organizados militarmente,
empurrando os outros,
Expandindo um espaço vital.
Arre, humanidade!

A sangria da laranja

Esta laranja que pego com a ponta dos dedos
Gastou seu existir,
E, gradativamente, vai negando sua cor,
E sua forma.

Mantém suas sementes.

Entre a semente que foi
E as que carrega,
Há uma laranjeira
Sempre florida.
Para ela,
Não há a sangria
Do vaso do tempo
Que se esvazia.

Esta laranja na ponta de meus dedos...
Já não sei
Onde a laranja,
Onde os dedos.

Um dia

Um dia,
Dissiparei na neblina,
De onde um dia saí.
Um dia, montado num cavalo de vento,
Sumirei entre as folhas dos campos
E as águas corredeiras dos rios.
Simplesmente,
Serei como um pássaro que passou.
Não haverá sinal de mim,
Apenas o vento soprando
Como na origem.
Ninguém dirá a palavra impura,
Será apenas a pedra fechada
Do fim.

Sem espelho

Falamos à toa,
Tagarelamos o que pouco importa.
Aquilo que pesa e esmaga
Calamos.

Às vezes, eu tento dizer,
Mas ao fim, apenas gaguejo,
Como um cacarejo circular.
Nossos crimes mortais,
Os que nos custam o sangue e os ossos...
Sobre esses, silêncio.
Não podemos pronunciar seu nome,
Sob pena de ver nossa face esculpida
Nas ruínas de mil cidades bombardeadas.

Ferida

Tenho uma ferida,
Mas não posso mostrar,
Não posso nem olhar
Essa chaga.
Só de saber que está em mim
Faz-me escorrer para o canto escuro
E me encolher,
E me esconder
Em mim,
De mim.
Ai,
Essa coisa que me marca
E me persegue
Pelos confins da terra!

Mas se você me amasse,
Então eu não teria vergonhas
Incrustadas no peito.

Você não me ama
E vago pelo deserto inóspito,
Pelas ribanceiras,
Querendo despencar-me
E esfacelar-me em mil
Para misturar-me de novo à terra
E dar-lhe a seiva do meu sangue
E, por fim, ter um fim.

Se você nao me quer,
Eu não quero.
Quero só o escuro,
A negação,
O adeus.

(...)

Se você não me quer,
Tenho vergonha,
Não faço discurso,
Não danço,
Não extasio diante de um quadro de Van Gogh,
Não grito gol,
Fico adiado
Feito um chapéu pendurado
No quarto dos guardados.

Ama-me!

Os poetas do silêncio

Os poetas do silêncio
Enfrentam as areias do deserto
Para rasgar o véu brumoso
E acometer o indizível.

Eles buscam a esfinge do homem,
Adentram o escuro das cavernas,
São ameaçados pela ausência de estrelas,
Caem e
Levantam.
Eles se obstinam em capturar o tempo
Ou não?

Não alcanço a que vêm,
Mas observo a audácia da aventura
Da dura travessia,
Que, às vezes, meio perplexo avalio.
É uma volta ao início?
Eu não entendo a sua fala.
É branca, a sua fala?

Sento-me próximo
Tentando ficar atento,
Faço recolhimento,
Procurando a justa medida do respeito.
Aguardo.

Eu não sei,
A aventura propoe caminhos
E caminhos se inventam.
Esse vento que vem do sul ou norte,
O que traz?
É forte, propõe viagem?

A marca do poeta

O poeta carrega uma marca.
Será uma marca divina,
Estrela guia, acima de sua cabeça postada,
Apenas para seus olhos brilhantes?

O poeta carrega uma marca.
Será a do predestinado
Ou a marca da clara resignação
Diante das cegas forças da fatalidade?

Será a marca da loucura
De quem foi condenado a vagar
Por um deserto de sentidos e significados?
Ou o poeta é um profeta
Que aponta para novíssimos continentes
Ou, mais longe ainda,
Para quiméricas galáxias,
Onde o homem, finalmente,
Andará em paz consigo mesmo?

O poeta tem uma marca.
Será a marca de quem antecipa as tempestades,
O arrebatar das cidades pelas raízes,
A marca de quem escuta raízes
Profundas?

(...)

O poeta tem uma marca.
É uma marca divina
Ou a mera marca da noite insone,
Que depura tudo mais,
Condenando-o ao ritmo dos remos cravados nas
correntes metafísicas?
O poeta tem uma marca,
Tem uma marca,
Tem uma marca...

O poeta tem uma marca?

A busca da poesia

Às vezes, a busca da poesia
São os agitados braços de um afogado,
Tentando agarrar o alto,
Mais alto,
Mais alto.

Inútil dizer ao poeta que é inútil,
Que desista da luta insana.
Ele continuará,
Os braços agitados
Como loucos ciprestes
Num vendaval.

Miragem

Quando o vulto emergiu da sombra
Enganei-me pensando em uma passada noite
de verão.

Mas o tempo está sempre no exato lugar
E, num átimo, percebi o engano.
Meu coração menino debateu-se,
Pássaro na gaiola da hora,
Meus olhos petrificados.

Não era ela,
Não era ela.

Acho que nunca foi ela.

A morte e ressurreição do amante

Foi às treze horas,
No restaurante cheio,
Mas ninguém notou.
Fui morto por uma frase sussurrada,
Quase cochichada,
Como um tiro com silenciador.
Somente eu a ouvi
Bater contra meu coração,
Que explodiu.

Ninguém notou
Quando, morto, paguei nossa despesa.
E caminhei pela imensidão,
Sem som,
Sem luz,
Sem esperança.

Meu corpo tombou na planície empoeirada
Para onde baixaram as aves negras.

Por minha morte
Não baixaram as bandeiras a meio pau,
Não tocaram um réquiem,
Pois é assim mesmo.
Todos os dias,
A cada curtíssimo instante,
Frases afiadas matam amantes,
E nem por isso
Rasga-se o véu do templo
Ou o sol se esconde
À vista de coisa tão cruel.

(...)

Se por tais atrocidades
Fossem parar as máquinas e os trabalhos,
Por um curto segundo que fosse,
Outra coisa não se faria.
E não haveria pão nem escola,
Nem circo,
E a produção de bombas
E de tantas outras coisas imprescindíveis
Entraria em colapso
E seria como se o homem deixasse de ser homem.

Eram as vinte horas
Quando a aragem do rio
Causou um frêmito entre as línguas das árvores,
Fazendo-as sussurrar coisas obscenas,
Acima da minha cabeça.
Às vinte horas,
Vi olhos verdes escorrerem sobre mim,
Cuidados samaritanos
Limpando minhas feridas
E pondo-as para secar
Junto com as camisas brancas.
Então, eu levantei e andei.

Delírio

Você vem à noite,
Invadindo pela janela,
Dançando na brisa,
Sacudindo as cortinas,
Jogando minhas coisas no chão,
Rodopiando,
Murmurando,
Rindo descontrolada,
Chorando baixinho
Como um cachorrinho
Que pede teta
E calor.

Você,
No meio da escuridão do quarto,
Esguia estátua,
Os olhos postos em mim
Como duas lanças.
Você não diz palavra
Nem vai embora.

Geada

Quando adormeci,
Estava de novo nos Campos de Cima da Serra,
De novo menino,
De novo numa madrugada de geada,
Todas as coxilhas brancas,
O lombo dos animais, vacas, terneiros e cavalos
Brancos,
Uma geada tão branca como nunca vira
Estava ali
Bem perto
E eu sabia que estava muito frio,
Mas não sentia,
Talvez porque a geada era coisa minha
Trazida da infância
E estava não para gelar,
Mas para me guardar.
Os animais,
A criação,
Tudo naquela cor de ausência,
Sem os verdes,
Sem o marrom da terra,
Tudo silêncio,
Sem a água cinza-azulada dos açudes,
Só a cor da geada
Até aonde a vista alcança.

Depois da chuva

Quando a chuva cessar,
Borboleta,
Vais caminhar
Pela calçada
Pelo lado da rua
Onde o sol bate
Alegremente.

Quando a chuva cessar,
Pássaro intrépido,
Vou te olhar do alto
Do verde mais verde
Da árvore
Que guarda a praça,
E faz a praça
De graça,
Como o sol faz o dia.

Quando a chuva cessar,
Uma brisa solta
Fará nosso encontro,
Borboleta e pássaro,
Bem no alto da praça,
Bem no alto do mundo.

Quando nos olharmos nos olhos,
Você borboleta
E eu pássaro,
A chuva terá ido chover
Noutro lugar
Até cessar.

O boi bebeu

A gente só sabe o que perde
Quando perde.
O anel era vidro
E se quebrou.
Onde está o brilho que estava aqui?
O boi bebeu.
Cadê o boi?
O pasto comeu.
Onde estou ao sol,
Atravessando o dia,
Sem cansar?
Onde estou eu
Que namorava e namorava?
Perdi os olhos da nossa paixão,
Perdi a fazenda sem fim
E as reses sem conta
Guardadas nos teus olhos.
Cadê tua perna na minha?
Cadê o calor que me dava guarida
E me punha para dormir?
Cadê, cadê?
Cadê as perguntas?
Cadê o sentido?
Cadê, cadê?

Falo?

Sou cego,
Sou surdo,
Sou pedra
Cega e surda.
Não traço caminho,
Vou tocado pelas coisas
Morro abaixo,
Topando no duro e no macio.
Essa decida vai me moldando
Um novo cara,
O mesmo, mas um novo.
O velho cara surrado é o barro do novo,
E na modelagem bruta da minha descida
Até balbuciar palavras vou aprendendo.
Sou uma pedra que fala.
Falo? Sou entendido? Falo para quem?
Será que falo mesmo?
Alguém guardará o que digo?
Que raio de fala é essa?
Para ter fala
É preciso ter dois.

Insetos da morte

Zunem no ar escaravelhos,
Gafanhotos, abelhas,
Moscas,
Insetos metálicos
Alimentados das carnes da noite,
Entes da estranha natureza humana.

Buscam furar até o fundo
E tirar o sumo da vida
Para fazer sorrir os dentes da morte.

Unem, tinem,
Batem,
Esfacelam,
Dilaceram,
Fragmentam,
Mas, sobretudo,
Fazem brotar despetaladas flores sangrentas,

Quebrar as estruturas ósseas,
Respingar vermelho e branco
Numa mistura fétida de matéria humana,
Num quadro digno das melhores galerias.

O gato

Pela vidraça
Ponho-me a olhar pelo vidro da janela
A noite escura,
A escutar o silêncio.
O gato saltou do chão da calçada
Para o muro
E para o alto da pilastra do muro.
Lá ficou,
Imóvel.
No seu novo posto,
Está a salvo das matilhas sanguinárias.
E adormece,
Mas, prevenido,
Adormece apenas na superfície do sono.

Dorme, oscilando o sono.
Da calma para o estado de alerta,
Pronto para mostrar as armas afiadas
Ou para, barulhento, ferir a noite,
Nos assomos do cio.

Agora,
O gato está em paz,
Pois o gato está exatamente em si:
Não está com fome,
Não há os rastros de cio no ar,
Em volta, há quietude.
Na paz que agora ele é,
Na quietude curta que o cerca,
No fundo do sono,
É quase uma coisa.
Está quase livre.

Desejo

Quero sentir teu gosto acre,
Fazer-te de prazer
Contorcer
Como um bicho,
Um gato,
Uma cobra ferida.

Quero enfiar a garra afiada
Do meu amor
No fundo,
Lá no fundo
Das tuas aspirações de amplitude.
Quero pôr-me em ti,
Amplo feito um aguaceiro de verão
Sobre o mato, sobre a areia, sobre as águas inquietas
do teu rio.

Eu te quero,
Pedaço que sou do grito ancestral da espécie,
Que ao teu cheiro desperta
Ávido.

A maior riqueza

O menino que tem seu pai
É rico,
Mais rico que o rei mais rico.

O menino que tem seu pai
Tem um tesouro
Muito maior do que o tesouro
Da ilha do tesouro.

O menino que tem seu pai
Tem o sol,
Tem os dias azuis feitos de sol,
E mesmo quando chove aquela chuva fria e
interminável
Ele sabe que, mais dia, menos dia,
Os dias de sol voltarão.

O menino que tem seu pai
Não tem medo
Porque ele é mais rico que o rei.

Eu tive meu pai,
Mas havia diamantes falsos no meu baú de tesouros:
O pai que eu amava
Não era, eu sabia dolorosamente, meu pai.
Contudo, ele me salvou.
E eu o trago vencedor
Como um capitão na proa do seu navio.

Na linha do horizonte

Depois de caminhar toda a distância,
Carregarei poeira e cicatrizes
E minha irremediável sede.

Lá, na linha do horizonte,
Descansarei em braços de relva e de planície
E, com os olhos vazados dos mistérios que vivi,
Esquecerei o que fui,
Transformado em poeira ao vento,
Planta verde,
Gota d'água.

A metafísica da troça

Quinta ri,
Sexta faz troça.
Sábado namora,
Domingo descansa.
É Quintana, o das frutas metafísicas,
O dos anjos condenados,
Das ruas noturnas, arborizadas,
Guardando nas suas sombras enluaradas,
Casinhas encolhidas e encabuladas.

É Mário, o que some com as chaves dos mistérios
Para que o mundo permaneça mergulhado em
mágicas.
Mário, o menino,
Mário, o das matinês no ar-condicionado do Cine
Guarani,
Que atravessa as horas da tarde sentado na
Alfândega
Entre os ipês bêbados de amarelo.
É Mário, o multiplicado.

Nós não temos

Nós não temos a vida toda para nos ver,
Temos apenas a nossa vida,
Que é breve e sem que se perceba
Vai-se,
Escorre,
Seca.
Enquanto há tempo,
Vamos viver
Na brisa e na ventania,
Nos abraços amantes e amigos,
No cálice das bocas.

Vamos logo,
Nós não temos a vida toda,
Temos apenas a nossa vida,
Que é muito breve
E já se esvai,
Esfiapa-se.

Não temos a vida inteira,
Apenas nossas apertadas,
Apartadas vidas.
Por isso quero te ver,
Preciso.

(...)

Precisamos nos ver
(Desejo que você tanto quanto eu
Precise me ver, urgente!),
Carece, pois, que almocemos juntos.
Num lugar aprazível
Onde tenha algumas árvores
E embora haja sol,
Haja uma brisa agradável
Entrando por nossas camisas,
Suavemente,
Quase tão suavemente quanto o carinho que carregamos
Um pelo outro no olhar
Quando nos sentamos à mesa
Um frente ao outro
E nos tocamos as mãos
Com as pontas dos dedos.

É urgente, pois a vida é a vida.
Carece ver-nos,
Pois a vida se esfiapa quase sem que se perceba.
Ou estanca de súbito...
Já vivi um tanto para aprender.

A amiga

Tempestade ou bonança,
A amiga.

Vento da primavera,
Flores do campo,
Cravos na carne.
Seja o que for,
A amiga.

Na lâmina de todo dia,
No cara ou coroa,
Na gargalhada travada
Na rua sem saída.
Tudo pode girar,
No cassino da vida,
Mas suspiro aliviado
Ao lado da amiga.

Amiga
Para a conversa vadia.
Amiga
Para a caminhada,
No abrir do dia.
Amiga, para, juntos,
Matarmos a sede.

Amiga...
Forte e suave mulher.

Isso

A morte suprimiu o homem que andava aqui
E deixou apenas isso que, dizemos, é seu corpo.
Eu não entendo...
A morte confunde tudo
E, submetido pela confusão,
Venho para me despedir dele, embora isso não faça
nenhum sentido.

Quando eu morrer

Quando eu morrer
Enterrem-me numa caixa lisa de adornos e sem
lustre,
Que eu hei de ter perdido toda a noção da complexa
e elaborada estética humana.

Quando eu morrer,
Não chorem,
Não olhem
Meu rosto ausente e cinza.

Será noite quando eu morrer
Ou será dia?
Não chorem,
Antes,
Dancem
E riam
E batam palmas
E pandeiros
E dancem
E olhem poço fundo da noite,
Frente ao qual só é permitido o som dos pandeiros,
As guirlandas perfumadas,
As taças de vinho,
As bocas apertadas.

Quando eu morrer,
Celebrem
E dancem,
E batam palmas e pandeiros.

(...)

Será noite?
Será dia?
Cadê as coxas de Suzana,
Cadê os olhos de Maria,
Cadê nossas pernas trançadas
Debaixo das estrelas frias?
Cadê a saudade?
Não haverá mais saudade,
Medo não mais haverá, quando eu morrer.
O que houver
Outro anunciará
Ou, talvez, desprezar.
Quando eu morrer,
Não será o fim do mundo,
Deste doido mundo;
Apenas eu não mais andarei por esses caminhos
desvairados,
Desvairadamente,
Atrás do meu insaciável vício de viver.
Portanto, não há o que temer,
Posto que, como anotado,
Não haverá falta nem saudade,
Haverá apenas a pacificada plenitude da ausência.

Quando eu morrer,
Terá chegado o tempo de me esquecer,
Pois estarei em lugar nenhum,
Olhando com olhos de nada.

Ansiedade

De noite,
Meus olhos fitam o escuro
Como um muro,
Um onipresente muro,
Como se o mundo houvesse virado
Apenas
Um muro.
Quando a luz do dia finalmente luz,
Ponho-me logo a fazer.

Viver

Viver rasga o peito,
Mas nos agarramos
No manto das fantasias,
No dinheiro prometido,
Nos campos de flores,
No esvoaçar das mulheres.

Viver é uma coroa de espinhos,
É ser rei de um mundo de promessas
E parir cada filho do coração
Em meio à dor.

Viver é um experimento de loucura,
Pois no meio de espinhos,
Extasiado e sorridente,
Danço um batuque furioso no terreiro.

Ai, viver!
Quem me deu essa sina?

Necessidade

Eu não precisaria
Escalar essa montanha fria,
Correr riscos de despencar minha alma
Nessas fendas fundas e vazias.

Eu não precisaria ler esses livros,
A procurar em cada página e linha
Algo de que não sei sequer dizer o nome.
Eu não precisaria as longas noites insones,
O caminhar sozinho entre tantos homens.
Eu não precisaria se tivesse
Um pedaço de paz dentro do peito
Para simplesmente
Usufruir o fruir do rosário dos dias.

Certa sala com um sol e um rio

Por esta sala passou um sol
Cálido,
Cabelos de luz ofuscante.

Por esta sala passou um rio
Azul,
Ameaçador,
Trazendo no seu caudal raízes.
De si mesmo.

Por esta sala passou um mundo
Com mares,
Planícies incandescentes,
Árvores titânicas.
Pequenas ervas
E revoadas de pássaros

Posto que eu não pudesse,
De fato,
Contar o que por esta sala passou,
Direi, simplesmente,
Passou uma mulher,
Suave árvore frondosa.

Por certo vocês entenderão,
Quando me lerem,
Esta minha tentativa
E meu óbvio fracasso.

De repente

Nesta manhã
De céu translúcido
De repente
A ideia de tua ausência
Ocorre-me como uma pedrada.
Aprendi tanta coisa
De ti.

Círculo

Meu prazer é ver
Nos teus olhos
O prazer
De ver nos teus olhos
O prazer
De te ver.

A casa do Jacintho

Essa rua do Menino Deus
Sempre será
A rua da casa do Jacintho,
Da Diná, do Luiz, do Zeca e da Verinha.

Ali,
Fosse para comer ou dormir,
Chorar ou rir,
Sempre fui recebido
Como filho e irmão.
Por isso,
Mesmo que a casa deixe de existir,
Risco esse que não se corre,
Em mim ela estará sólida,
Cheia de vozes
Na cozinha,
Na copa,
Em torno da mesa
De domingo.

Por isso,
Quando passo pela Rua André Belo
E vejo a casa branca
Com alguns detalhes de madeira
Já precisando de nova demão de verniz,
Eu não posso conter
Um suspiro
Ou um sorriso
E, às vezes, uma boa gargalhada.

A mulher que passou

O duro brilho do diamante
Sob os raios do sol
Ela tinha.
Era exata,
Feita de luz e ação,
E talvez fosse isso que nos ferisse
A todos,
Apenas esperando o tempo passar.
O que feria
Não era qualquer deliberação posta na palavra
Ou no olhar.
Ela era sempre respeitosa,
Como se visse
Entre nós e ela
A linha de uma fronteira irreparável.
E muito mais doía a consciência
De que ela sabia que sabíamos.

Durante algum tempo
Ela trouxe para cá
Sua imagem forte e leve,
Seu cheiro de mulher e dama.
Quando partiu,
Quase todos seguimos nossos jogos cotidianos,
Como se nada houvera ocorrido.
Apenas dois de nós saíram para a varanda ainda ensolarada
Para olhar a estrada por onde seguira.
Nesse momento,
Senti o chamado da distância
Ameaçando de desordem
A quietude dos dias iguais.

Navegação

Passamos a vida
Nesse bar antigo
Sonhando a viagem
Do navio imenso.
Na distração em que sempre estivemos,
Não notamos quando
Esse mundo todo
De coisas antes inertes
Soltou as amarras
E se pôs a correr
Rumo a sabe lá que mar/ao mar desconhecido.
Ou oceano tormentoso e atroz.

Muitos pensaram em chamar o garçom,
Como antigamente,
Para que telegrafasse ao general,
Ao bispo
E ao governador nomeado
Para lembrar-lhes que somos filhos de famílias
conhecidas
E, portanto, cabe sustar
O deslizar das águas e das terras
E dos troncos arrancados pelas raízes.
Mas tudo navega
Por nova e desconhecida paisagem.

(Como é duro amar a beleza)

Como é duro amar a beleza
E não poder tocá-la!
Como é duro amar a beleza
E não poder forjá-la!
É como ver a beleza da vida,
De correr os riscos da vida
E não poder avançar a passos
Trôpegos, que sejam.
O adiamento nos deixa com esse buraco,
Essa falta das nossas coisas mais necessárias.
Sem bússola, sem astrolábio,
As velas amarradas,
A calmaria que se arma dentro da gente mesmo
Pesada.

Antes batessem de madrugada à porta,
E arrombassem a porta
E me tomassem às correntes
Para seguir soldado forçado
Uma guerra de poucas esperanças.
Mas não há guerra
Nem raptores,
A noite transcorre silenciosa,
Só poucos grilos riscam as sombras escuras
Com seu criiii-criii-criii.
O amanhã chegará ao canto dos galos.

Talvez chova, talvez não.
Será outro dia igual.
Ficarei na varanda sob o andar lerdo das horas,
Pesado como se carregasse uma armadura,
Triste como quem espera Dom Sebastião.

(Ela era uma mulher como o mar)

Ela era uma mulher como o mar:
Luminosa.
Imprevisível.
Passava de calmaria de espelho do céu
Para a armadura guerreira
Da borrasca.

Não tenho outra comparação para ela
Que não os caprichos de um mar carinhosamente
traiçoeiro.
Eu bem queria morrer em suas águas,
No meio da tormenta.
Que os caranguejos viessem comer meus olhos,
E eu desaparecesse sob sua lápide líquida.
Mas não foi assim.
Não tive o infortúnio glorioso,
Fiquei para guardar o gosto vazio da saudade.

(José Ribamar Ferreira Gullar)

José Ribamar Ferreira Gullar
Poderia ensinar-me tanta coisa
Se acaso eu fosse poeta,
Mas sou apenas mau aluno.
Por isso, no lugar da poesia carrego esse buraco,
Pedaço de mim que me falta
Ou me completa
E que me obstino em suprir.
Talvez deva pedir desculpas
Por andar assim,
Avidamente,
Em busca de coisa tão vaga
E tão crucial
Para mim.
Contudo, penso que não.

(Quebrou o som do córrego)

Quebrou o som do córrego,
Quebrou a viola,
O piano,
O pandeiro.
Ficou só o som pontiagudo da pedra
E a coragem,
Sozinha.

(A poesia foge de mim)

A poesia foge de mim,
Fico sem alma
Como um cão
Que não tenha nenhuma alma,
Só cão.

O pássaro vaza no azul,
Deixando o azul vazio
Como eu fico vazio
Quando procuro
E a poesia não se dá.
Então, não sou filho da casa,
Não tenho casa,
Que para mim a porta está fechada
Com lacre sepulcral,
E eu não sei o caminho,
Não sei se caminho
Ou se despenco pelo despenhadeiro
De pedras, de solidão, de breu da noite,
Noite sem noite,
Sem o rosnar do mar,
Noite só silêncio.

Ah, a poesia.
Eu a queria,
Uma poesia minha,
Da minha entranhada lavra,
Do meu pandeiro
Triste ou risonho
Batendo.

(Persigo a poesia)

Persigo a poesia
À noite,
De dia,
Pelo impositivo fato de que não tenho mais nada
para fazer.
Pelo impositivo fato de que não tenho coisa melhor
para fazer.
Pelo impositivo fato de que não encontro outra
coisa para fazer.
É como se o mundo estivesse fechado para a minha
caminhada,
Faço poesia olhando o enovelado mundo
E para mim,
Tentando entender e dar testemunho
Para ninguém,
Apenas para o passar das horas.
Não tive filho,
Não terei herdeiro do meu nome,
Não sei se meus escritos ficarão
Como lápide no cemitério municipal
Ou o vento de dias curtos levará minhas palavras
Antes mesmo das folhas do primeiro outono.
Nada disso pode interessar-me de fato
Além da hora presente
Em que tento dar significado
E costurar essas palavras.
Esse sol de outono está lindo
E sinto uma saudade imensa das mulheres.
Elas passam na calçada
E são radiantes.
Elas me fazem suspirar
Na minha cadeira junto à janela.
O tempo nos traz e nos leva.

(Eu bem queria)

Eu bem queria
Sentar contigo à mesa e,
À nossa frente, um copo d'água cristalina
Fragmentada pela luz do sol
Como se fosse um diamante.
A iluminar-nos.

(O amor é um tigre)

O amor é um tigre.

Não dormi esta noite

E não havia janela para o mar,
Não havia o rolar do mar,
Nem estrelas havia,
Sequer páginas para ler,
Só o escuro da noite parada.

O amor corta,
O amor ressuscita.
Morremos de amores,
Aspiramos ao flagelo do amor.

(Não tive terra natal)

Não tive terra natal,
Ou a tive, mas nem soube.
E eu vim trazido para longe,
Para essa cidade estranha.

Eu tive terra natal
Guardada em lenço branco rendado
Sobre as batidas do coração,
Mas romperam-se os fios,
Desmanchou-se o tecido.
Foi o delicado bordado
Ou meu coração
Que desfiou?

Foi-se o bordado.

Foi o delicado bordado
Ou meu coração
Que desfiou?

(Embaixo da pele)

Embaixo da pele,
Eu sou um turbilhão,
Embaixo da pele.

Embaixo,
Escondido,
Sou um vendaval,
Um labirinto,
Bicho assustado e encolhido,
Criança pequena sem colo,
Um carinho, uma compreensão.
Eu tremo, descontroladamente,
Ninguém pode me acudir,
Nem eu,
Debaixo, escondido.

O mar me acalma.
A beira do mar passa a mão na minha alma,
A maresia envolve minha pele num doce arrepio de frio,
A lonjura das águas acelera meu coração,
O mundo aguarda e desafia...
No fundo daquela enseada distante aguardam um baú
E uma mulher.

(Depois de todas as minhas lutas)

Depois de todas as minhas lutas,
Ainda faltam pedaços em minha vida
E sinto falta doída
Como se fosse um asilado.
Mas a vida, essa é completa, um Amazonas de
coisas,
É grossa, onívora,
E se renova como um formigueiro,
Embora a minha carregue dores profundas
Como se fosse dor no osso da perna, me dói como se
me doesse uma perna,
E não adianta eu tentar escapar para longe,
A perna vai comigo.
Melhor esquecer a perna ou as costas ou o que seja
que dói
E olhar em volta onde tanta coisa maravilhosa e
espantosa
Atravessa o dia, estarrece, rasteja.
Para quem vive, é muito bom gostar de surpresa,
Ser curioso.

O mundo vai se abrindo sempre novo,
Como um ovo, como uma flor,
Como um grito, um gemido, uma barriga,
Uma chaga.
Uns lábios
Inesperados.

(A tanta dor que emana)

A tanta dor que emana
Dessa empalidecida fotografia de mulher
Não vem de paixão vivida pela metade,
Adiada para sempre.
Dói o documento da juventude que partiu,
Deixando lembranças guardadas no silêncio.
É uma dor de exilado,
É a dor da ausência de mim mesmo.

(Branca tarde)

Branca tarde,
Branca névoa,
Branca mulher.
Eu fumaria ópio
Se eu fosse um suicida,
Mas nasci assim,
Para pagar para ver
De cara limpa.
As tetas daquela mulher me doem,
Dói cada pedaço do seu cheiro,
Da sua catinga de branca azeda,
De forma que poderia encontrá-la pelo rastro de odor
No breu do beco escuro.

(Foi no rebuliço do dia)

Foi no rebuliço do dia,
Entre pessoas e quinquilharias,
Sem que muitos percebessem,
Um poema passou voando
Como se fosse uma borboleta fora do lugar, indo à
toa
Levado pelo vento.
Espantado, fiquei olhando quando ia
Oscilando as asas transparentes.
Percebendo o risco de perdê-lo,
Quis capturá-lo,
Mas era tarde, ele passou.
E eu fiquei parado
Com os olhos suspensos no vazio.

(Não interessa o que eu digo)

Não interessa o que eu digo
E o que dizes.
O que de fato interessaria,
O que poderia guardar importância na ordem das
coisas
É impronunciável por nós.
Tento, mas minha voz apenas gagueja um cacarejo,
Um rosnado circular.
Nossos pecados reais,
Os mortais,
Os que nos custam o sangue e os ossos,
Esses...
Silêncio...
Esses se erguem em campos santos
E não podemos pronunciar seu nome
Sob pena de ver nossa face esfacelada
Esculpida nas ruínas de mil cidades bombardeadas.

(É muito importante)

É muito importante
Para mim.
Essa doida metafísica de minha lavra,
Essa casa onde moro
Sem que ninguém note ou se importe,
Embora um ou outro amigo desconfie
Que eu aí vivo como coruja no oco do pau.

(Meu corpo é meu veículo pelo mundo)

Meu corpo é meu veículo pelo mundo,
Meus binóculos,
Meu estetoscópio.
Eu estico a vista
E o ouvido
Para ver, ouvir.
Essa coisa mágica que gira ao redor do sol,
E sempre muito me espanto,
Quando não me horrorizo
E peço piedade a todos.

Meu corpo é meu prazer,
Meu desejo,
Minha memória
Para sempre,
Para nunca mais.

(No jardim onde tudo é passado)

No jardim onde tudo é passado,
O sol e a brisa perderam a intensidade.
Os pássaros, um aqui, outro lá,
Cantam sem perturbar,
Como que tocando levemente
Duas ou três teclas de um piano.

As lembranças
São casas muito engraçadas,
Não têm teto,
Não têm janela,
Mas sou o homem
Que mora nelas.

(Viajo ao topo)

Viajo ao topo,
Donde diviso o mundo
Desde a origem ancestral:
Rios de lava,
Exércitos a marchar,
Multidões de crianças lindas
Ou murchas, abortadas,
A dança dos divinos amantes,
A gargalhada da multidão dos loucos
Trucidando loucos,
Os mares encapelados,
O vento a cortar.

Diante desse espetáculo
Minha alma se divide.
Uma parte canta e a tudo aspira testemunhar.
A outra guarda uma caixa de lembranças
De sua própria antiga participação no mundo.
E isso lhe dói como feridas
No lugar das asas.

Escolhidos
(por mim)

O PÁSSARO

ÀS VEZES O PÁSSARO
CORTA O ESPAÇO DE MINHA JANELA
E EU SAIO A PERSEGUI-LO
PELO CÉU AZUL.

ÀS VEZES É
ESSE PÁSSARO É O PEIXE PRATEADO
OUTRAS
A MULTIDÃO NO PARQUE,
O PARQUE VAZIO,
O ÔNIBUS AMARELO, // A PIPOCA.

ÀS VEZES
NÃO HÁ PÁSSARO ALGUM
MESMO QUE A NOITE DE VERÃO / E O JASMIM, /
A MULHER // E
O VINHO // E A MÚSICA
ESTEJAM DEITADAS NOS CÁLICES.

ASSIM DESCUBRO QUE O PÁSSARO QUE PASSA
É ENCONTRO FELIZ.
SOU EU MESMO
QUE SAUDOSO AMIGO // ABRAÇO. FELIZ.
E A AUSÊNCIA DO ÀS VEZES O PÁSSARO
SOU EU MESMO
QUE ME ENCONTRO
TIRANDO DAS COISAS // LEVES-BONITAS // DA VIDA /
VIVIDA // A CADA // POSSÍVEL // HORA //
DO DIA.

14/09/94

A festa dos amigos

Para Flávio e Nora,
amigos do peito.

Quando os amigos estão ao redor,
Numa mesa ampla de muitos lugares
E o vinho tinto colore
As taças de bom tamanho,
Eu tenho meu sorriso mais antigo.

Para os amigos poucos,
Alegria muita!
Que nesta festa não faltem
As flores do sorriso
Dos que chegam
Pela porta aberta da amizade.
Para os amigos poucos,
Alegria muita!

Que venham
Lísia e Pedro,
Enéas e Rubinho,
O Targa com seus gritos e a Marinês
Para encontrar Voltaire e Márcia,
Roberto e Carmem,
Beto e Simone,
Flavinho, Norinha e Ricardo.

Quando os olho a todos
Descubro quanto sou
Numa dor que naufraga
Esquecida de si
Nos brindes que levantamos
Por estarmos juntos mais uma vez
Neste sexto dia
Em que nos fazemos
Homens e mulheres
Uns para os outros
Servidos.

O rio

Olhou sobre os passos dados
Divisando um longo rio
Marmorizado.

Era um rio:
Lá estava a nascente,
Lá estava o grande caudal,
A exuberância das margens,
A violência,
A morte.

Era um rio:
E como todos os rios,
Cego.

Vi-o desaguar no seu estreito peito
E dele fluindo.
Vozes subiam das margens,
Risos que já não se faziam ouvir,
E a distância às costas se alongando
Como uma faca de dois gumes.

Era o rio
Uma enchente.
Livrá-lo da massa das águas,
Das árvores pelas raízes,
Dos troncos como touros arremetendo
Nada que fizesse podia.

Era um rio:
Lá estava a nascente,
Lá estava o grande caudal,
A exuberância das margens,
A violência,
A morte.
Marmorizado.

Derrota

Acabei contigo.
Te raspei dos poros da pele,
Das paredes em que te pendurei.
Te cacei no fundo das gavetas
E despejei teus pedaços rasgados
Da janela do décimo andar,
De onde preguei meus olhos no mundo largado,
Azul e sujo.
Assim,
Acabei contigo,
Mas não acabei.
Ficaste florescente
Em um lugar que eu não alcanço.

Acabei novamente contigo,
Sequei tua imagem,
Mas corres, rio subterrâneo
Que é mar,
Que é terra,
Que é tudo.

Comigo
Não posso
Acabar contigo.

Conheço uma moça

Para a Jaquinha e o Flávio, do coração deste amigo que vos ama.

Conheço uma moça
Que fez a magia boa
De pôr contentamento
Nos olhos de um amigo meu.

Conheço a moça
Cujos braços abertos
São o norte do meu amigo,
Sua capitulação e vitória,
Secreta glória,
Vento
Do seu doce navegar
Pelo mar do mundo bravio.

Conheço a moça
Cujos suaves olhos escuros
São os olhos do meu amigo.
Ela e ele
Bicicletando pelo parque
Ouvem uma canção antiga
Que a cidade esquece,
Mas eu adivinho.

Eu amo essa moça
Porque agora tenho um amigo
Que traz a boa nova
De que ele é feliz.

O nome da coisa

Neste oceano semântico,
Com onda e furacão por todo lado,
Perdi teu nome,
Por isso
Não sei dizer o meu.

Lembro o vulto do desejo,
De ter a magia para contigo dançar
Até te extasiar.
Mas passa algo na janela de dentro
E fica
No embrulho do seu nome
O susto
O talho
A ânsia
O negado e o dito
O grito e o apito
A polícia e o ladrão
A crise e a cachaça
A manhã
A maçã
A moça
A poça
O sangue
O cão

O pássaro

Às vezes, o pássaro
Corta o espaço de minha janela
E eu saio a persegui-lo
Pelo céu azul.

Às vezes, esse pássaro é o peixe prateado.
Outras,
A multidão no parque,
O parque vazio,
O ônibus amarelo,
A pipoca.

Às vezes, não há pássaro nenhum.
Mesmo que a noite de verão
E o jasmim,
A mulher
E o vinho
E a música
Estejam deitados nos cálices.

Assim, descubro que o pássaro que passa
E encontro feliz
Sou eu mesmo
Que saudoso amigo
Abraço.
E a ausência do, às vezes, pássaro
Sou eu mesmo
Que me encontro
Tirano das coisas leves-bonitas da vida
Vivida, a cada possível hora
Do dia.

Minha negra

Dedicado a Eudoxia

Minha negra
É negra legítima,
Uma africana importada.
Ela gosta do verde e do vermelho,
Mas, principalmente, de todas as cores.
Os olhos são as janelas da alma,
E os olhos da minha negra
São olhos beduínos
E só eu posso sabê-los como os sei,
Portadores das lonjuras secas e alvas do Saara,
Dos versos do Corão,
Do perfume das tendas,
Da falta dos que partiram.

Só minha negra me sabe embalar.
Só ela alegra a receita
Do pudim de macaxeira,
E aí, aí é um capítulo especial:
Minha negra cozinhando,
Cercada de todos os seus santos,
Recebe as vozes do silêncio,
Fala a língua das plantas
E os pássaros do céu vêm à nossa janela
E ela os chama, a cada um, pelo nome.

Minha negra é legítima.
Sua presença está sempre cercada
Do som dos atabaques.

Moro com minha negra
Numa rua que abre para a nascente do sol.
E vocês já viram,
Eu sou o homem mais rico
Das nossas paragens.

O cavalo de cerâmica[4]

De uma queda,
Meu cavalo
Se desfez, no mais.

Não despencou pelo precipício,
Mas do alto da mesa
Para o chão.

Foi o menino ainda sem ciência
Autor do infausto evento
Que espalhou cacos e pó,
Pelo piso duro,
E tristeza, pela casa.

Eu carecia demais
Do meu cavalo de cerâmica
Para andar pelas coxilhas, pelas barrancas
À procura do vau
Das minhas lembranças.

O cavalo,
Bonito de estampa,
Bom de rédea
E de andar,
Eu carecia.
Demais.

(...)

4. Depois de reparar como pude o cavalinho de cerâmica, escrevi este poema. (Nota de Roberto)

O cavalo levava
Na cor,
No porte,
No entono,
Uma coisa muito necessária.

Farei trato com o Espírito das Trevas
P'ra que devolva o cavalo preto,
Alegria e mimo de seu dono.
E Lúcifer o tocará,
Pelo meio da noite escura,
Sacudindo a cabeça,
Bufando,
Batendo o ferro dos cascos,
Cercado de vaga-lumes.

As mulheres[5]

Ah, as mulheres, as mulheres...
Os homens sabem nada sobre as mulheres.
Eles vivem em outro planeta,
O da ânsia de vencer todas as partidas,
De galgar todas as montanhas,
De ganhar toda a riqueza.

As mulheres podem ser tanto ou mais rudes,
Mas o mundo que guardam para si
É o das rendas e dos perfumes quase transparentes,
Das orquídeas feitas de névoa,
Dos finíssimos cabelos das crianças,
Da sobremesa acre-doce de marmelo em calda,
De lençóis alvos, frescos, estendidos,
Dos mosquiteiros (ainda que mosquitos não haja,
É tão bonita aquela nuvem derramada sobre
a cama),
Dos beijos, dos beijos,
Mais que dos lábios, nos lábios,
Dos olhares de terna paixão,
Na ardente pele da alma.

Ah, as mulheres, as mulheres...
Meu coração não resiste,
Meu coração não resistirá
Às mulheres.

5. Inspirado num retrato de Gustav Klimt e em ti, anjo de Michelangelo. O poema somente quer dizer que adoro certa delicadeza do mundo feminino. (Nota de Roberto)

(Quando ataco o poema)

Quando ataco o poema,
Raspo a rocha
Com as unhas.

Quando ataco o poema,
Faço uma luta sem esperanças
E sem porquês.
Há uma máquina em mim que luta,
Em meio ao sangue, aos pedaços perdidos,
À lama.
Há a luta,
Mas não há o que vencer.
Às vezes, me engano,
Acreditando
Que eu irei fender
E ver alguma luz brotar.
Mas não me importa,
Realmente, não me importa.
Um golpe por aqui, e outro,
Com toda a força,
E o esguicho, a dor,
E esse cheiro por tudo
Como se tudo ardesse.
Mais uma e uma vez,
Até o último ânimo
Desta coisa que não quer dormir.

(Muito mais fino que o ar)

Muito mais fino que o ar,
Tão fino quanto o pensamento,
Mais fino,
Ele,
Meu retrato de menino
Se fez, em mim, de mim,
Submetendo todas as outras coisas que,
Em sendo,
Carrego.

Este retrato impera
Vindo não sei de onde, não sei por quê.
Nele, sombras cobrem seu rosto
E não vejo o passado,
Esqueço o futuro.
Sei quase nada dele.
Está vivo,
Posto que respira
E contra mim ordena:
"Espera!"

(O tempo perguntou pro tempo)

O tempo perguntou pro tempo
Quanto tempo o tempo tinha,
E o tempo respondeu pro tempo
Que era só uma gotinha.

– E o homem?
– O que tem o homem?
– O tempo do homem?
– É um colar de gotinhas
Encordoadas na memória.
– E se a corda se rompe?
– Aí, adeus, tia Chica...
O homem vira cachorro.

A que vieste

Vieste porque há um diamante
A ser
Vasculhado
Por dentro.

Vieste porque há um diamante
De luz negra
A ser vasculhado
Por dentro,
Embora tuas ferramentas sejam
                                        Poucas
                        E frágeis.

Não vieste para reproduzir
Um andar
Em bulevares (ainda que parisienses),
Ainda que de bondes
E aeronaves
Andes
Como um inocente culpado.
Vieste para entender
A que vieste
Ou morrer
Antes
Do entardecer,
Teu veículo
Da tua vestimenta carnal.

(...)

Não vieste para tremer
O medo que em ti habita,
Mas para batê-lo
Com as espadas da intuição
De quem escuta
As batidas do coração.

Vieste para construir teu reinado.
Despojado.
Tua riqueza
Há de ser a carne fraca
Que habitas,
        O desejo que destilas,
        A palavra que elabora a passagem
        Pela vida
        Como se vida fosse,
        A despeito da lei e da ordem.

A palavra

A palavra,
A poesia,
Não a tenho,
Não domino.
É ela
Folha que cai,
Trovão que estoura,
Alguém antigo
No virar da esquina.
Portanto,
Pouco faz
Ir ao vazio dos campos
E por ela chamar,
Tanto faz por ela ansiar.
A ânsia, o aperto no peito,
Súbito,
Fala
E diz do escuro,
Do vazio,
E se quiser
Se contorce
E ri.
Então sou um leito de rio
Que não se sabe pra onde,
Sou uma margem
Que não se sabe de quê.

(Se eu tivesse mais vida)

Se eu tivesse mais vida,
Seria poeta.
Se tivesse mais dor,
Perguntas
E respostas
          Certas ou erradas,
Quem sabe...
Se fosse,
Acordaria mais no meio da noite
E acenderia minhas luzes, meus olhos,
Para tentar ver os escuros da noite
E me alimentar deles
Como quem come carne crua,
Pão e mel,
Horror e tristeza.
Se eu fosse
Atravessaria o Rubicão
Bem cedo,
E com pés nus e azuis
Caminharia sobre a geada dos campos
Para pregar a vida,
Digo, a POESIA.
Se eu fosse,
Não ficaria com tantos cuidados,
Tantos dá licença,
Não me importaria com o vexame,
Seria capaz de caminhar até minha
                                        borda
E constatar
          A minha medida.
Se eu fosse...

(Botei a vida (a)fora)

Botei a vida (a)fora
Por puro descaminho.
Depois do primeiro impulso
(Mais verdadeiro seria dizer empurrão)
Me fui, meio cego e louco,
Dolorido de ser, rasgado de espinhos,
Mas foi tanto esforço,
Paixão,
Tesão,
Desengano e engano,
Esmorecendo e levantando...
Não há de ter sido assim em vão
Uma vida com tal farta vontade
De ir vivendo
Houve muito andar
À beira do mar,
Bancos de praça,
Olhares.

(Um tiro voa)

Um tiro voa,
Atravessa os sussurros da noite,
O som esgaçado dos gatos no cio,
Chega ao meu ouvido
Distraído.
O tiro – agora não é apenas um
Bate e bate,
Afinal ouço
O que já ouvira,
Suspendo a leitura,
Suspendo a lapiseira marca-texto
Escuto.
Soam intermitentes,
Num ritmo errático.
São os imperadores do tráfico
Movendo seus exércitos,
Querendo mais.
A noite derrama-se,
A cidade está no escuro.

(O sol afoga seus raios)

O sol afoga seus raios
Dourados
No horizonte.
Logo, a noite,
A noite sem o pio dos pássaros da noite,
A noite só,
Mais nada,
Nem mesmo a noite.

Gastei a luz do sol
No desejo de poetar,
Mas faltei à poesia.

Amei e fui criticado.

Doce amor,
Amor amargo de despedida
Amor bravo como uma ressaca,
Mas o maior,
O amor,
Nada mais que o amor
Que o amor não precisa ser mais nada.

Depois do amor
A queda do pano da noite,
Noite, mais nada.

Comparação

Mulher
Não encontra comparação
No Everest,
No Pacífico,
Na Antárctica,
No Amazonas.
Mulher é mais alta,
Mais azul,
Mais intratável,
Mais caudalosa.
Mulher é mais tudo.

Meu Porto Alegre

Porto, meu Porto
Às vezes, Porto
Ironicamente, Alegre
Outras, azulmente Alegre
Sempre Porto – Centro, Brique, Redenção,
Dos casais
Das praças
Dos amigos
E inimigos (como não?!).
Do rio
E do muro
Escondendo o rio e as ilhas
E as ondas
E o mundo.

Porto Alegre
De um povo bonito
E mulheres lindas
Vindas da Alemanha,
De Portugal e Espanha,
Da Itália
E África,
Todas
Vento que agita as águas,
Infla a vela para navegar
E trazer de volta
Ao porto que me recebe e abraça
Como um severo pai.

Noite e dia

Tenho a noite
As gotas
Uma a uma
Lentamente
Derramadas
Tenho a noite.

Tenho a longa noite
Gota a gota.

Tenho a noite
Gota a gota.

Gota a gota
A noite.

A noite não termina
Pois não estás aqui.

Cada gota do meu corpo
Cada gota de minha alma
Quer teu corpo.
Não me entendas mal.
Cada átomo meu
Anseia por cada ínfimo de ti,
De teu corpo,
Mas acima de tudo
De cada ínfimo do corpo
De tua alma.

Na vertigem da noite

Minha mulher dorme
Com seu tricô
E me sonha
Na repartição
De sua cota
De ilusão.

Deixo minha casaca de boas maneiras
No cabide junto à porta
E parto
          Ao imperativo
                              Da espécie.
A cidade grita-me
Dissonante
O seu grito de afogada
É um apelo do fundo,
Sua ordem
Para rolar meu corpo em lutas
Dissolutas
Beber cachaça nas grutas
Dos corpos,
Nos barracos sem janela
Na vertigem
Da noite.

A perplexidade reposta

Quem sou? Que sou?
Olhar pro próprio umbigo é difícil,
Carece de ciência e determinação.
Mais fácil o espelho
Superfície fria e inútil
Posta fora
(Das comportas) do coração.

Meu coração de fibras e de músculos,
Trabalhador incomparável,
Que mecanismos invisíveis
Te fazem bater assim
Ora lento e enfadado
Ora seguidamente assustado
Com tua própria paixão?
Que jogos de imagens, memórias e expectativas
Te fazem
Passar dos anseios de morte
A anseios tão grandes de vida
Que o mundo, pobre mundo,
Não pode te contentar?

(Quem sou? O que sou?)
De que se faz essa máquina
Que se olha
E examina
Com a perplexidade d'um estrangeiro?

(...)

Minha avó me dizia
(Minha avó me criou):
Menino,
Tu és um pássaro e uma gaiola.
Não adianta ganhar o mundo,
Tua gaiola irá contigo.
Theodora era sabida.
Me deixou
Órfão e sem as explicações
Que à época eu não buscava.
Nem me via enigma
Não me sabia como agora
Menino, gaiola e pássaro.
Eu voava por sobre as cercas
Mordendo a carne das frutas
Envolvendo meu corpo com o corpo grande do mar
Sem atinar
Por que, súbito, ficava triste,
Tomado de banzo feito um escravo,
Já sem vontade de comer e brincar.
Sangue meu, voo, alegre, prisão, prisão
Tristeza minha,
Onde te escondes ou dormes
Quando solto minha risada?
Donde sais,
Rápida pantera,
Para comer lentamente as substâncias do meu peito?

(...)

Há um jogo de espelhos
Cravado no meu peito.
(Pelo menos deveria haver
Um jogo, de espelhos, de ínfimos e infinitivos
Espelhos de cristais, ais, uns à frente, acima,
Ao lado dos outros, cortantes ais.)
Uma pequena imagem naquele labirinto se multiplica
Mil vezes
Enchendo o infinito.
O que a faz mudar de cor e forma,
Causando arco-íris e cataclismos?
O que sou?

Minha avó queria uma neta.
Quando eu chorava no meu quarto,
Chamava: vem cá, minha rapariguinha!
(Eu era criança, então.)
Eu ia através do escuro, já seguro e salvo.
Mas minha avó foi embora, me deixou.
E meu avô. Foi embora.
Foram embora todos.
No escuro já ninguém me chama:
Vem cá!
Já não sei que sou, de quem sou, aonde vou
Já não há o amor de minha avó
Emitindo seus títulos de propriedade sobre mim!
Quem sou? O que sou?
Um jogo de mil e um espelhos
E uma pequena imagem?
Uma imagem?
Quem sou?
Que sou?

Adoção

Decidi
E está decidido
Por Quintana
E por mim:
Adotarei um diabo!
Um desses...
De olhos, rabo, e asas
Caídos,
Desanimados.

Por Quintana
Que me levou pela mão
A passear
E abrir portas na neblina
Que dão para corredores extensos e cozinhas
Onde doces vovozinhas
Fritam sonhos nas tardes de inverno.

Por Quintana,
(Quem te deu tamanho bico, Quintana?)
E também por mim
Adotarei esse pobre-diabo.
Doloroso fascínio vê-lo
Rendido em si
Com os gestos todos de um habitante da ala dos incuráveis,
Só tomando a sopa rala.
Volta e meio levanta os olhos
Com a expressão de quem vai levar um pontapé...

(...)

Inútil ser afável com ele.
Espera sempre o pior:
No lugar do amor, o interesse.
No da solidariedade, a indiferença...
Vem, meu diabo,
Vou preparar tua cama,
Afofar teus travesseiros,
Abrir teus cobertores,
Correr a cortina e cuidar
Para que, quando acordares,
O café, as frutas e a felicidade estejam, finalmente,
postos.

Ao homem no bar

A bebida em seu copo brilha
Como uma longa faca de cristal.
Cumprimento-o discretamente, de longe
Como os cúmplices.

Por que, nele,
A vida se fez assim
Sem fulgor algum?
Que saudade irremediável o atormenta?

Ele levanta a mão e bebe o brilho contido
no copo.
Observo-o como à destruição do milagre.
Então, peço minha própria bebida
Que no copo brilha
Como uma longa faca de cristal.

Limite

Sua prisão nascia
Na retina dos olhos,
Nas cinzas que via.

Tinha feridas nas mãos
Que fechavam no verão
E qualquer inverno abria,
Flores invertidas
Da sua fantasia.

Sua prisão nascia
Na ambição extrema
No peito aninhada
E no desalento
Para iniciar a caminhada.

Acreditava nos astros,
Que o iriam levar
Ao ouro, à prata,
Aos prazeres do vinho, excessos
Que iria tomar.

Quando seu último tempo soou
Como uma pedrada,
Quem o conhecia disse:
Não morreu, secou.

Minha cidade

Ferida no flanco
Minha cidade abre a goela de sax tenor
E sangra
Interrompendo o fluxo da avenida.

Na noite em que a lua não traça um arco
Minha cidade se debate
(E com respiração e olhos de tudo ou nada)
Aposta nas mesas de bacará,
Cambaleia,
Toma uísque após uísque,
Corre ao porto
(Ao conselho dos honoráveis)
Às instituições financeiras
Mas a solução não está.
Nesta noite,
Minha cidade abisma
No destino desatino
De um tempo mecânico, circular.

Receita particular

A poesia se alimenta
De si mesma.
De se ver,
Tocar,
Reconhecer
E poder dizer,
Face à cara límpida cristalina
Ou amargurada:
Esta sou eu.

A poesia é a que nasce
Ao se nomear.
Solta no ar,
Sem nome ou sobrenome,
Não tem pai,
Nem mãe,
É sentimento puro
De carinho,
Surpresa
Ou solidão,
Mero calo na mão,
Jornal ao vento,
Realidade
Comprimida em laudas.
Para se tomar ao café da manhã
So-no-len-ta-men-te!

(...)

Para nomear poesia
Fazê-la nascer
Doce mulher a andar
Pela incompreensão do mundo
É necessário saber escutar
O coração das coisas
De todas as coisas do coração.
É preciso ter muito de coragem
Aragem
Ventania
Desorganizativa
Da lógica formal
Etc. e tal.

A poesia se alimenta do ritmo
Do vento
No cata-vento,
Não carecendo de outra coisa
Além da vida vivida
Vivificada
Pelo sentimento
Poético
De que viver
Por si é bom.

(...)

Sensacional,
Sensorial,
Uma tesão
Cheia de ilusão
Irreparável
E frágil
Fascinação
Uma torrente
Uma confusão
De corpos,
De sentimentos,
Aumentos
Da pressão arterial
Que anda sobre o abismo
Mortal
            Vertigem
De estar vivo
Sem queixa
Nem beira
Como uma pura
Afirmação.

Quando...

Quando olho nos teus olhos
E toco teus cabelos
O bicho que mora em mim,
Pacificado, sai ao sol.

Quando tenho-te junto
Ao meu cansado existir,
Sinto a vida
Respondida.

Perdição

Respiro
Suspiro
Transpiro

Mas tu não estás,
Minha paz fugaz.
Ou sou eu que não estou
Onde estás,
Perdido que fiquei
Numa catedral gótica,
Gárgula
Com asas de petrificado pecado?

Quadrinhas

I
Amor de criança é brasa
É guerra sem precisão
É gume de faca longa
Nas voltas do coração

II
Teu beijo molhou meus lábios
Tocou fundo meu coração
Entendi que tu me querias
Mas entendeste que não

III
A rosa do teu cabelo
Cultivei no meu jardim
O desprezo do teu olhar
Está trazendo o meu fim

Pressa[6]

Tenho pressa.
Ônibus e aviões
Não levam
Aonde anseio chegar
Mas sou passageiro
O tempo me arrasta para o bem longe,
Para onde não quero chegar,
Por isso
Tenho pressa.
Livros
Revistas
Cigarros
Discos
Perguntas
Respostas
Mais cigarros
E outro tanto de whisky
E as ruas infinitas de Porto Alegre
E bares depois de bares
Sorrisos
Unhas pintadas
Bocas
Cabelos caindo sobre os ombros
Olhares de vidro
E de puro ímpeto
Mas nada de atinar ao que aspiro.
Sigo misturado de tanto x e y
Tomando-os pelas angústias de outros homens.

(...)

6. Bom! O verso e o reverso. (Nota de Roberto)

Tenho pressa
E tento rasgar as veias das palavras
Que são minhas próprias veias
Para ver de que inquieta e obscura matéria
Um Deus malvado me fez.

Eu poderia ser somente um pássaro da noite
Abrir as asas feitas de noite
E sem voz ou grito
Na noite sumir.

Sou um marinheiro em busca de outras margens,
Subo ao mastro
Olho a quilha cortando a água que escorre
Pela vidraça
Constato que navego apenas para outra calçada
E exausto deito nos lençóis como mortalha.
Volto às ruas caminhando na multidão
E grito para os prédios sem janelas da Avenida Paulista
E grito na hora do sol,
No ato do amor, grito tremendo de medo
De não ser amado
Enquanto o tempo cai como chuva radioativa.

Mas tenho pressa
E no domingo saio a caminhar
Pela Avenida Paulista
Gritando para os prédios sem janelas,
Gritando na hora do sol
Na hora do amor
Na hora do cafezinho
Da sesta
Sempre gritando
Atravessado de uma grande fogueira.
E outra mulher, ao portão,
Nua
Os mamilos hirtos ao vento afiado. (...)

Tenho pressa
E rasgo minhas veias
Para ver de que (inquieta) matéria
Um Deus malvado me fez.
Tenho pressa
E jogo meus olhos pelas fendas do muro
Para saber o porquê
Não sou um pássaro da noite
E
Sem canto e sem grito
Abro asas e me desfaço na noite.
Seja porque seja
Quero mais.
Entorno copos
Viro a mesa.

O medo antigo
Não me deixa ser um pássaro da noite
Abrindo asas na noite sumindo
Sem canto e grito
No mundo vou.

Abrindo as asas dentro do manto da noite
E em silêncio
Diluindo
Sem saudade do brilho da outra face da lua.

Abrindo as asas e sumindo
Sem canto e sem grito
No seio da noite.

Autobiografia: uma ficção verdadeira

Menininho,
Não me foi dado
Chamar pai ou mãe.
Professores tive,
Homens cercados de preto
Com a pretensão de serem tanto
Quanto Cristo, o divino humano.
Pobres homens assustados
De sua natureza humana na carne: da alma.
Homens se maldizendo
E procurando
Aonde não se encontraram
Por pequenos que eram.
    Eu era um menino
    Menor que os outros,
    Pois tinha a cabeça solidária
    De um marciano.
    E por isso nada entendia.
    As crianças da minha infância,
    Não as esqueci
    Ainda,
    São cruéis.
    Heróis, tantos,
    Daquele colégio da vida,
    Se fostes bem-ensinados,
    Em que postos estais?
    Aonde tendes vossas fábricas de salsichas?
    Aonde vossos corações cifrados
    Urdem jogos de enigmas que só a vós cabe
    ganhar?
    Aonde cultivais tanta tradição?

(...)

Um menino sem pai e mãe não nasce.
Tal menino em tal mundo não cresce,
Morre.
Um menino entre tais meninos internos ferozes
Não ri como uma flor
Não canta como o sol
Não se refestela como uma noite estrelada,
Morre.
E anda por aí
Como tantos outros.

Mas eu não morri
Porque eu tinha uma semente de fogo.
Ou seria de mera teimosia?
P'ra o caso, carece esclarecer que tive um avô
Como nenhum outro avô
Nestas e em outras terras pisou.
Meu avô não foi dado a outros olhos
Só aos meus.
Tinha mãos e pulsos e braços capazes
De construir o mundo.
E uma voz tão terna, capaz
De silenciar minhas tempestades.
Era ameno
E as caranguejeiras não picavam suas mãos.
E os touros bravos o reverenciavam.

(...)

Esse homem deu-me um cavalo inteiro,
Cavalo negro de casco, focinho, pelo.
E disse: esse é teu
Tem nome, é Noite.
E não tem cascos como os seus
Iguais ao vento que levanta a terra.
Cuida dele,
Ele te levará aonde quiseres.
Aonde fores com ele
Eu irei contigo.
Minha pele colou no pelo
Do Noite
E não se pode jamais saber
Onde era menino
Onde era cavalo
Puro músculo animal
Levando-se pelos embrenhados,
Caminhos aonde
Menino nenhum
Sem Noite, sonhara.
Era água de açude,
E eu e Noite,
Era o banhado,
O lançante,
O campo aberto,
A chuva batendo como chibata,
E Noite e eu
Confundidos.
Só separamos, quando fui para o internato.
Não há cavalos, cachorros e pássaros
Num internato
Feito dum inverno sem fim,
Aulas de francês,
Teoremas.

(...)

Mas no internato tem um armário
E no armário uma biblioteca
Onde moram Tarzan, Mão de Ferro,
Atlântida, o Continente Perdido,
O espião da Rainha,
Todos tão altivos, livres, valentes, bons, combativos.
Como meu avô.
Quem encontra um anjo no inferno
De lá sai, carregando-o por toda a vida.
E se há a face cruel a espreitar
É porque faces cruéis sempre espreitam,
E desse assentimento é feita a fria coragem.
A guerra, quando instalada, é boa.
Porque é simples
E dos inimigos não se espera cavalos,
Mas balas que nos firam.
E isso acertado,
Marchamos.

(...)

Um guerreiro não é feito de sutilezas.
Aí está a dificuldade
Para ingressá-lo no caminho da paz.
Como entender que quem me afaga
Esquece?
Como entender quando amor e negócio
Misturam?
Como saber que o beijo
Pode ser o selo da traição?
Que fazer se o desejo luta por morrer
E nós mesmos já não somos sinceros?
Noite, meu avô, Tarzan
Estão aqui,
Por isso prossigo
Mas já não me salvam.
O menino que fui
Ainda me dá ordens
Mas já é um estranho.
Eu o quero
Mas já o repudio.
Ele não sabe decifrar os enigmas multiplicados
Em todo lugar.
Ele é o enigma
Como tudo o mais.

(...)

Esta estória não tem fim.
Terminará quando eu terminar
Estancando o sangue que me foi dado pulsar.
Meu avô, Noite
Têm hoje outros nomes
Além do nome do Capitão Atlas.
Homens que leem, escrevem e trabalham,
Homens que combatem,
Homens que vivem e para viver
Se suicidam
E na morte
Como eu
Encontram a vida.
Homens imensos como meu avô,
Homens como Noite, puro músculo.
Livre e solto
Com o qual quero me confundir
Até o fim.

Quebrar

Um dia eu vou estragar
Como um velho relógio
Sem conserto de reposição.

Um dia, um momento,
Aquela última peça quebrará
E eu ficarei estático como
                    As pedras,
De fato, não como pedras
Ficam inamovíveis,
Mas como uma planta
Que se desfigura
E já não é uma planta,
Nem uma planta é mais,
É uma coisa que o vento leva,
Uma formiga carrega
E se dissipa na terra,
                    No vento.

Houve tempo,
                    Eu não sabia o morrer,
O morrer me tirava o sossego,
Eu fitava o escuro do morrer
Aterrado.
Houve um momento em que estive
                    Às margens do Estige
E vi suas águas de nada.
Tendo visto o nada, já
            Não temo tanto
E sorrio para as florações do sol.

O trem de ferro do tempo

O trem de ferro do tempo
Vem em gotas,
Como o Amazonas.
Não chega ao mar do tempo
Apenas, rio, corre
Coleando,
Caindo,
Invadindo
E retrocedendo.

Minha mão não segura
O tempo,
Coisa líquida
Que escorre
Lavando o verde e o amarelo,
Lavando as cores
Do Sol e da Lua
Do voo das gaivotas sobre o mar,
Sem nem soluço.
O tempo,
Não importa o barulho
É silencioso,
Indolor,
Incolor a doloroso.
Pensamos que é tangível,
Mas corre através de nós,
Desmanchando, manchando, fluindo, gerando.

(Pra esta cidade)

Pra esta cidade
Vasta cidade dissoluta

Cidade com
Suas vozes eletrônicas
Que se avocam a dizer por mim
O que eu jamais diria
Pois sou honesto.
Cidade
Que dissimula nas sombras
Sua intenção de mando e submissão
Que se constrói prisão
Ponte pra lugar algum
Mas que se trai, engana
Semeando mesmice cotidiana
Contra as ondas da arrebentação
De frutos inusitados.

Cidade, felizmente cidade
Não campo, gado, pastores
Sem água e luz.

(Tudo vale neste vale)

Tudo vale neste vale
De cantoria e aflição,
Vale formiga d'água
E asa de gavião.

Tô de porre
De tão feliz,
Perdi uma cicatriz
Quem achar pode ficar.

Signada, a tua fala,
Cifrou teu coração,
Tu calas quando falas
E morres de congestão.

Tô de porre
Tô feliz
Amei uma Beatriz
Hoje amo Joaquina

A moça da esquina
Sob a luz de lampião.
Enquanto o guarda dorme e dorme
Quentinho no seu fardão.

Tudo vale neste vale
De cantoria e aflição.
Uma borboleta alegre
Bota ovos no chão.

(...)

Tudo vale,
Tudo aflição,
Vale formiga
E gavião.

Tudo vale neste vale
De cantoria e aflição,
Vale galinha d'água
E asa de gavião.

(Nu)

Nu.
De pé no meio da noite estrelada e fria
Cortada pelo minuano,
Vento que cortava
Minha pele e minha carne,
Eu estava
Nu.

Tentei me proteger, encolher, cobrir
Inutilmente
E divisei, vi, senti
De pé
(Mais alto do que eu)
Tão alto e grande como o mundo
Meu destino.

Meu destino
                    Arfava o peito colossal
E seus músculos não eram músculos,
Roldanas, guindastes, máquinas,
Estórias sem datas emergindo das eras.
Não eram músculos,
Cordas de aço,
Articulações de ferro,
E um sorriso que não era bom nem mau
E tinha a largura do vento
E os olhos-órbitas cegos,
Poços, sumidouros, vertedouros
De dor, de riso, de feridas,
Ardidas crateras.

(...)

Meu destino
Ronda-rondava a planície dos homens
Farejando as carnes de minha existência.
Armei minha mão direita com pedra arrancada,
A esquerda com as armas todas de meu ânimo,
Ergui vulcão, erupção e lava
Mas um único gesto do meu destino
Fez-me arcar
Sem desarmar.
Naquele momento
Senti a dor
Não do momento
Mas da eternidade
(A que viera) para penar.
E desejei a morte,
Não a que anula e apodrece
Meus membros ao grosso chão espalha,
A morte que me enlaça, embala
A noiva que toda a tormenta cala
(E as ondas da tempestade espelho torna)
E a boca sôfrega da saudade fecha.
Desejei a morte
Com falsidade
Felizmente!

(As ruas dessa cidade conheceram-me)

As ruas dessa cidade conheceram-me
Como já não me conheço.
Tive amigos de fé
Nos becos mais escuros,
Amei prostitutas e fui admitido em suas casas
Para as horas sagradas,
Tão igual eu era.
Roubei quando podia comprar
Ou meramente pedir e obter.
Fiz essas coisas avidamente
Como um bêbado bebe cachaça
Como um amante se entrega
Para me entregar a mim mesmo
Para ter da minha vida o último centil.
Fiz do dinheiro a minha medida,
Tive gavetas fechadas
Para depois incendiá-las
E ver como eu ficava
Quando tudo se transforma em nada.

Ah, amei naufrágios
E
Para não me privar de nada
Dei minha camisa,
Deixei-me amar e usar
E depois parti à primeira hora da noite ou do dia
que transcorria.
De nada que fiz eu me arrependo,
Pude quase tanto ser quanto a luz
E mais não pude porque só uma vida tinha.
Agora, uma vida me basta
Para afirmar o que quero
E o que quero chama-se solidariedade.

(...)

É ela que se cravou no meu peito
Feito as armas de uma bandeira
Que me deixa insone
Nessa terra em que os projetos de navegação
Perdem-se entre a cozinha e a sala.
Ah, que gente!
Ah, que horda endurecida às seduções da vida.
Rendida vai
Pela própria palavra gananciosa.
Poesia, poesia, como fazê-la?
Como, se poesia é sonho de dança e ritmo
E o que me cerca
São poetas afetados
Empetecados.
Engomado de pó branco o manezinho adunco
Anda no salão dos espelhos, multiplicado.
Minha alminha, diz o versinho,
É cheia de sutilezas gentis.
A minha é cheia de gemidos de homens
iguais a mim.
Mas não fui preso,
Não padeci a fome
E me pagam pelo meu trabalho.
A mim, deram-no.

(Dias virão)

Dias virão
Em que tiraremos do baú antigo
As vivências guardadas
Para passar a ponta dos dedos trêmulos
Sobre tão delicada renda,
Que parecerá uma miragem
Evanescente à luz do sol.

Amo as mulheres
E por isso
Nas marés noturnas
Nunca perco minhas estrelas
E sigo em frente
Com minha cabeça virada
Para o eterno nascer
Da madrugada.

(Os homens ensanguentam a lua)

Os homens ensanguentam a lua
Lutando por seus deuses etéreos.
Para eles, um gesto cotidiano
Ofende o equilíbrio do universo.
Para mim, um gesto é um gesto
Onde meu deus revela mil faces
Sem rancor.

Eu apenas vestiria armadura
E empunharia a espada
Se me dissessem que teu encanto
É pecado.

Nota da organizadora

Os poemas *Ao homem Che* (pág. 29), *Canção para os que partiram* (pág. 31) e *Mistérios* (pág. 33) foram musicados pelo compositor e músico Flávio Oliveira, e apresentados em recitais, gravados no CD *Tudo Muda – a música de Flávio Oliveira*. Projeto Fumproarte, da Secretaria Municipal de Cultura – Prefeitura de Porto Alegre, Selo Barulinho, 2001. As músicas podem ser acessadas pelo QR Code que está na contracapa deste livro ou pelo site www.libretos.com.br, em *Menino, gaiola e pássaro, poemas de Roberto Marcantonio – obra póstuma*.

Agradecimentos

O livro de poemas do Roberto foi possível porque contou com o ânimo e a dedicação das famílias Machado, Marcantonio, Lançanova, Soldatelli, amigos e profissionais. Destaco algumas pessoas com o propósito de estender o meu agradecimento a todas aquelas que se envolveram nesta aventura:

Gabriel Lançanova Machado
Guilherme G. F. Xavier Sobrinho
Maria Isabel Marcantonio
Dalva Lançanova
Mariza Marcantonio
Edmilson Nunes da Silva
Jane Bocchese Machado
Valda Delair Gargioni Soldatelli
Clotilde Favalli (*in memoriam*)
Áurea C. M. Breitbach
Dario De Conto
Tânia Moura
Eunice Lima
Flávio Lima
Valéria Chemale Espíndola

Às direções e funcionários da Secretaria de Educação do Estado do RS, 1ª, 2ª e 23ª Coordenadoria Regional de Educação, de Porto Alegre, de São Leopoldo e de Vacaria, respectivamente; e da UFRGS, por atenderem às solicitações sobre a escolaridade do Roberto.

Agradecimento especial à editora que fez a magia de publicar os poemas de Roberto Marcantonio.

PRESSA

Bom

verso e reverso

…NHO PRESSA.
…IBUS E AVIÕES
…Ó LEVAM
…NDE ANSEIO CHEGAR
~~…S MULHERES VESTIDAS DE DEUSAS SÃO ETERNAS,~~
BALANÇANDO OS CABELOS COMO ÁRVORES
…, COMO ÁRVORES, ~~AS RAÍZES NO FUNDO DA TERRA~~

MAS SOU PAS…
E O TEMPO M…

~~NÃO CONTO DINHEIRO,~~
~~NÃO FAÇO DISCURSO,~~
~~EU TENHO PRESSA~~
~~POIS~~ O TEMPO ME ARRASTA PARA O BEM LONGE // PARA ONDE … CHEGAR,
E, POR ISSO
TENHO PRESSA.
LIVROS
REVISTAS
CIGARROS
DISCOS
PERGUNTAS
RESPOSTAS
MAIS CIGARROS
E OUTRO COPO DE WHISKY
E AS RUAS INFAMES DE PORTO ALEGRE
RIO ~~DE SÃO PAULO~~
E BARES DEPOIS DE BARES
SORRISOS
UNHAS PINTADAS
BOCAS
CABELOS CAINDO SOBRE OS OMBROS
OLHARES DE VIDRO

Índice de poemas

Selecionados (por ele)

Escolhidos (por mim)

Edição e design gráfico
Clô Barcellos

Revisão
Célio Lamb Klein
Grafia segue Acordo Ortográfico da Língua Portuguesa de 1990, adotado no Brasil em 2009.

Capa
Tânia Moura, artista plástica, desenho com giz de quadro e lápis dourado, 56cm x 86cm, feito especialmente para este livro, em 2021.

Dados Internacionais de Catalogação na Publicação:
Bibliotecária Daiane Schramm - CRB-10/1881

M545 Menino, gaiola e pássaro, poemas de
Roberto Marcantonio - obra póstuma. /
Organizado por Eudoxia Mendes Machado.
- Porto Alegre: Libretos, 2022.
200p.; il. 14cm x 21cm
ISBN 978-65-86264-46-3
1. Literatura brasileira. 2. Poemas.
3. Biografia.
CDD800

Rua Peri Machado, 222/B, 707
Bairro Menino Deus, CEP 90130-130
Porto Alegre/RS - Brasil
www.libretos.com.br
libretos@libretos.com.br

Menino,
gaiola e pássaro

Poemas de
Roberto Marcantonio

Livro composto em Century Schoolbook, com 200 páginas, impresso sobre papel Pólen 80 gramas pela gráfica Pallotti de Santa Maria-RS, em setembro de 2022, ano em que Roberto Marcantonio faria 81 anos.